LA VIE RÊVÉE DE VIRGINIA FLY

DU MÊME AUTEUR

CHEZ LE MÊME ÉDITEUR

Les Filles de Hallows Farm, 1997.

L'Invitation à la vie conjugale, 1998.

Tendres Silences, 1999.

Folle Passion, 2001.

Amour et Désolation, 2003.

De toutes les couleurs, 2005.

Un fils exemplaire, 2006.

Souviens-toi de Hallows Farm, 2011.

Quand rentrent les marins, 2013.

Mentir n'est pas trahir, 2015.

Angela Huth

LA VIE RÊVÉE
DE VIRGINIA FLY

Roman

Traduit de l'anglais par Anouk Neuhoff

Quai Voltaire

Titre original : *Virginia Fly is Drowning*.

© Angela Huth, 1972.

© Quai Voltaire/La Table Ronde, 2017,
pour la traduction française.

editionslatableronde.fr

Pour
PATRICIA STRACHAN, MA SŒUR

Chapitre premier

VIRGINIA FLY se faisait violer, en esprit, en moyenne deux fois par semaine. Ces assauts imaginaires survenaient n'importe quand dans la journée : si elle n'y était jamais préparée, elle ne s'en étonnait jamais non plus. Ils s'évanouissaient aussi vite qu'ils surgissaient, sans laisser sur elle aucune trace néfaste. Elle avait cette vision merveilleuse d'une main d'homme lui caressant le corps, lui causant le long de l'épine dorsale le genre de frisson qui incitait ses doigts à fermer machinalement les trois boutons de son cardigan, et l'instant d'après elle s'entendait déclarer, avec un calme admirable :

« Miranda, je crois que c'est ton tour d'effacer le tableau. »

Les vrais rêves, toutefois, les rêves nocturnes, étaient une autre paire de manches. Ils s'agrippaient à elle le matin. Des fragments de scènes excitantes revenaient la harceler tandis qu'elle s'escrimait à se concentrer sur le sujet du moment. Ils bousillaient sa journée.

Ce vendredi comptait parmi ces fameuses journées gâchées. L'homme à la moustache noire, qui devenait semblait-il un de ses violeurs réguliers, lui avait griffé la peau en proférant jurons, cris de guerre ou hurlements de désir – elle ne savait trop – dans une langue qu'elle ne comprenait pas. Puis il l'avait abandonnée sur une froide étendue de boue au bord d'un lac. Là, quelqu'un l'avait secouée et elle s'était réveillée à moitié.

« Aidez-moi à me relever ! Je meurs de froid. » Elle se voyait toujours à terre, sa bouche un trou noir s'ouvrant et se fermant, ses cheveux pleins de boue lui fouettant le visage alors qu'elle agitait la tête, en quête d'une chaleur insaisissable.

« Allons, allons. Tu as encore envoyé promener tes couvertures. » Sa mère vibrionnait dans la chambre, tirant les rideaux de ses petites mains ridées impeccables : et d'un, et de deux. La lumière du jour s'engouffra dans la pièce, grise et mate. « Dire que ton père et moi, nous dérangeons à peine les draps... Le petit déjeuner est prêt. »

Mrs Fly avait déjà préparé le petit déjeuner quand elle venait réveiller sa fille. C'était une de ses petites manies, les « usages », comme elle les appelait. Virginia était une créature extrêmement brillante, depuis toujours, toutes ces bourses en arts plastiques et ainsi de suite, mais il y avait des domaines dans lesquels les mères demeuraient plus fortes, que voulez-vous, et aucune fille n'était en droit de l'oublier. Mrs Fly n'était peut-être pas d'une grande intelligence – elle aurait été la première à l'admettre sans honte –, mais elle excellait là où Virginia accusait de graves lacunes : dans les tâches ménagères. Ainsi, chaque matin, cet infime triomphe personnel du petit déjeuner déjà prêt, avant même que Virginia n'ouvre un œil, ne perdait-il jamais de sa saveur. Les petits plaisirs de la vie, comme elle le répétait souvent à Ted, étaient ceux qui comptaient pour elle. Virginia, lors d'une de ses fréquentes allusions à un poète ou à un autre, avait dit un jour que Wordsworth avait assez bien formulé la chose. Une histoire de discrets petits gestes de bonté et d'amour aussitôt oubliés... Sauf qu'avec Mrs Fly ces gestes étaient loin d'être discrets et ne risquaient en aucun cas de se laisser oublier.

Pendant que Mrs Fly se délectait des petits plaisirs de la vie, son mari Ted se contentait de plaisirs plus moyens. En fait, il était obsédé par les moyennes sous toutes leurs formes et s'évertuait quotidiennement à les respecter. Là, assis devant son bol de céréales et son œuf à la coque – un petit déjeuner bien dans la moyenne –, il lisait le *Daily Mirror* avant de passer au *Daily Mail*, afin d'avoir une vision équilibrée des actualités. Il leva la tête quand sa fille entra dans la pièce. Elle avait décidément le teint cireux, remarqua-t-il en son for intérieur. Et elle ne faisait rien pour se mettre en valeur. Pourquoi fallait-il qu'elle se tire les cheveux en arrière de cette façon ? Personne ne pouvait donc lui dire de se farder les joues ? Elle portait un long cardigan marron chiné de rouille sur une jupe marron assortie. Terne, déplorait Mr Fly, s'en voulant de sa déloyauté. C'était sans doute le type de tenue requis pour une enseignante, mais lui-même prisait les couleurs éclatantes, or Virginia n'était jamais très éclatante, même lorsqu'elle sortait avec le professeur.

« Tu ressembles à la fin d'un mauvais été, dit-il avec tendresse. Mal dormi ?

— Je savais qu'on n'aurait pas dû prendre de ce fromage hier soir, intervint Mrs Fly, écalant son œuf d'une manière que son mari et sa fille trouvaient tous deux exaspérante. Tu sais l'effet que le fromage a sur Virginia. Il ne lui réussit jamais. »

La bouche de Virginia se crispa, comme toujours quand la jeune femme n'avait pas le courage de protester. Son père s'en aperçut et se replongea vivement dans sa lecture. Sa sensibilité s'élevait un peu au-dessus de la moyenne dès que l'ambiance devenait électrique, ce qui était très fréquent ces derniers temps. Il avait horreur de ça.

Mrs Fly se borna à noter que sa fille était anormalement silencieuse.

« Alors, toujours rien de Charlie aujourd'hui ? » demanda-t-elle, tripotant une pile de lettres à l'aspect ennuyeux posées près de son assiette. D'autres petites victoires lui étaient régulièrement offertes par le courrier. Pas de lettre pour Virginia, un point pour elle. Dans un sens, pourtant, elle aurait préféré que Charlie écrive plus souvent. Ses lettres semblaient égayer sa fille.

« J'en ai eu une vendredi, si tu te souviens bien, lui rappela Virginia d'un ton froid.

— Ah, c'est vrai. Et puis, évidemment, la poste américaine... On sait comment elle est.

— Quand on écrit à quelqu'un depuis douze ans, maman, on ne se formalise pas si la cadence ralentit. On se fait confiance. D'ailleurs, il ne rime pas à grand-chose qu'il écrive trop souvent. Il pourra bientôt tout me raconter de vive voix. »

Mrs Fly reposa la tasse de thé dont elle venait de s'emparer.

« Il va venir ? Après toutes ces années ? Ça alors, j'en suis baba. Ted, tu entends ça ? Charlie va venir. Il te l'a annoncé quand ? Pourquoi tu ne nous l'as pas dit ? » Virginia faisait des mystères et cette réserve déroutait toujours sa mère.

« Dans sa dernière lettre, répondit Virginia. Il sera ici dans deux mois. Un hôtel près de Piccadilly Circus. C'est là qu'il logera.

— Un emplacement bien central, au moins, approuva Mrs Fly. On peut compter sur les Américains pour être au cœur des choses... Dire qu'il n'a jamais mis les pieds à Londres ! C'est pour ça, d'après moi, que l'Amérique est la nation qu'elle est.

— Une perspective réjouissante, en tout cas, déclara Mr Fly en souriant à sa fille.

— Absolument », acquiesça Virginia.

Plus tard, dans la froide salle de classe de novembre, elle chargea ses élèves de peindre des couchers de soleil. Les couchers de soleil les incitaient toujours à la quiétude : Virginia n'était pas d'humeur à affronter leurs questions. Assise à son bureau démodé un peu trop haut sur pattes, ses fesses confortablement logées dans les deux creux ménagés pour elles dans le siège en bois, elle griffonnait avec un crayon rouge. Elle avait besoin de s'éclaircir les idées. Charlie allait débarquer et elle s'en réjouissait. Elle allait essayer de penser à Charlie. Elle ne savait à quoi il ressemblait que par la photo de remise des diplômes qu'il lui avait envoyée douze ans plus tôt ; un visage assez petit et assez rond, dont les traits réguliers, étrangement, n'étaient pas pour autant synonymes de beauté : des cheveux en brosse, des oreilles plutôt grandes, un sourire chaleureux. Au début de leur relation épistolaire, ils s'étaient montrés prudents. À l'époque de leurs premiers échanges, Virginia, elle s'en souvenait encore, avait écrit : *Je suis allée à Croydon cet après-midi et j'ai vu un film merveilleux.* Elle décrivait ensuite l'intrigue par le menu, encourageant Charlie à aller voir le film si jamais il arrivait jusque dans l'Utah. À présent, elle écrivait de manière plus télégraphique. *Londres hier. Philharmonique de Londres au Festival Hall, dîner chinois avec mon professeur après.* À la longue, elle avait fini par se confier, c'est-à-dire qu'elle lui racontait ses moindres faits et gestes – s'excusant de l'absence de péripéties dans sa vie –, mais ses pensées profondes, elle les gardait pour elle.

Au fil des années elle avait reçu des centaines de lettres de Charlie, dont l'abominable écriture, l'encre verte et le mince papier « avion » rendaient la lecture pour ainsi dire impossible. Contrairement à elle, il n'avait pas tardé à s'épancher sans retenue, mais comme la plupart des gens enclins à la confession, il manquait de cet humour intrinsèque qui rend les effusions à grande échelle supportables. Souvent, ces derniers temps, Virginia trouvait ses lettres assommantes et en sautait des paragraphes entiers.

Elle n'avait pas divulgué le contenu de la lettre de vendredi à ses parents car, en réalité, la nouvelle lui avait causé un choc. Cela faisait des années que Charlie menaçait de venir en Angleterre, mais le projet était chaque fois tombé à l'eau. Virginia avait été déçue, mais depuis deux ans un étrange soulagement prenait le pas sur sa déception lorsqu'il devait annuler ses voyages. Elle avait envie de le rencontrer, tout en redoutant la désillusion. Dans son état d'esprit actuel, la rencontre aurait pu être différée d'année en année, cela ne l'aurait pas dérangée. Aussi, quand il avait écrit pour annoncer que son billet était réservé, tout comme son hôtel et même deux ou trois soirées théâtre (*et j'espère bien que nous avalerons ensuite une bonne tourte au bœuf et aux rognons à Leicester Square*), avait-elle senti une moiteur passagère sur ses mains. Ç'avait été sa première réaction. À présent elle était tout à fait calme, et se réjouissait presque. Ces quinze jours seraient sûrement agréables. Ils avaient tant de choses en commun, tant de sujets à aborder : leurs innombrables missives transatlantiques leur avaient permis de bien se connaître.

Virginia leva les yeux de son griffonnage pour contempler les têtes penchées de ses élèves. C'était une bonne classe. Elle les aimait bien.

Son regard parcourut la salle : les vitres embuées, le gros radiateur marron qui rouspétait si bruyamment quand on voulait augmenter le chauffage que tout le monde s'accommodait de sa chaleur tiédasse, la bouteille de lait avec sa bouture d'herbe-aux-gueux que Jemima White lui avait rapportée d'une promenade dans les bois… Charlie, songea-t-elle. Peut-être, avec Charlie.

Soudain une sorte de surimpression s'effectua dans son esprit, et par-dessus le décor de la salle de classe apparut faiblement le froid et plat paysage où, dans son rêve, le viol avait eu lieu. Au loin se profilait un grand arbre sans branches, qui se mua bientôt en bras. Le bras levé d'une enfant.

« S'il vous plaît, Miss Fly, vous allez bien ?

— Oui, merci, Louise. » Louise avait toujours été horriblement observatrice, bien qu'incapable de tenir un pinceau. Une ou deux autres têtes s'étaient redressées. Virginia sentit une rougeur irrépressible envahir ses joues. « Allons, remettez-vous au travail. C'est bientôt l'heure. »

Après les cours, Virginia décida de rentrer à pied. Presque cinq kilomètres, mais elle avait besoin d'un grand bol d'air. Elle ouvrit son parapluie et se mit en marche par les rues suburbaines de la petite ville, jaunâtres sous la lumière de la fin novembre, avant d'emprunter, soulagée, des voies plus campagnardes. Elles étaient lugubres elles aussi, avec leurs flaques grises et leurs haies ruisselantes. Des arbres dénudés se découpaient avec précision sur le ciel, comme dans les calendriers bon marché, et la pluie tambourinait à un rythme irrégulier sur son parapluie. Virginia, l'esprit las, pensait au sexe.

Elle en avait entendu parler pour la première fois par Caroline, sa copine d'école, une fille très en avance à neuf ans, avec des seins en pointe et des cheveux ondulés. Caroline en avait entendu parler par son frère, qui en avait entendu parler par le fils d'un fermier. Perchées sur un arbre, un jour au début de l'été, elles s'employaient à arracher les pétales d'une brassée de roses qu'elles avaient chapardées, dans l'intention de confectionner de l'eau de rose.

« Je parie que tu sais pas un truc que je sais, dit Caroline.

— Quoi donc ?

— Ben, juste un truc sur les grands. Ou sur les enfants, en fait.

— C'est quoi ?

— Ben, si un garçon met son machin dans une fille, elle aura un bébé.

— S'il le met où ? » Il y eut un long silence.

« Oh, n'importe où », répondit Caroline.

Virginia leva les yeux de ses pétales, incrédule.

« Qui t'a dit ça ?

— Mon frère. Son ami a vu des moutons en train de le faire. Un des deux se tient sur ses pattes de derrière, et voilà. »

Caroline était tombée enceinte à quinze ans, et deux ans plus tard Virginia avait reçu son premier baiser d'un homme rencontré dans un pub au pays de Galles. Elle était en vacances là-bas avec ses parents, strictement chaperonnée à tout instant de la journée. Elle n'avait jamais mis les pieds dans un pub auparavant, et sa mère et elle avaient à peine pris place pour boire un jus de tomate que cet individu leur était tombé dessus. Une belle voix chantante, des cheveux carotte, il avait raconté à Mrs Fly des plaisanteries sans fin, si bien qu'elle avait pointé le doigt vers lui en s'exclamant : « Oh, vous êtes impayable ! » Quand Mr Fly s'était joint à eux muni de sa bière blonde, l'homme avait proposé d'emmener Virginia jusqu'à l'église : un petit tour de cinq minutes, pas plus. C'était un bel exemple d'architecture romane, expliqua-t-il. Virginia, férue d'architecture à l'époque, était ravie. Mr et Mrs Fly étant convenus qu'il ne pouvait rien advenir de mal, leur fille était partie avec lui.

Dès qu'ils eurent quitté le pub, les plaisanteries de l'homme se tarirent. Histoire d'alimenter la conversation, Virginia lui demanda son nom.

« Appelle-moi Jo, dit-il, lui attrapant la main et l'entraînant dans le cimetière qui entourait l'église. Les tombes d'abord. »

Virginia le suivit vers un coin sombre planté d'arbres touffus et d'herbes hautes, tout en ombres anthracite et énormes dalles de pierre piquées de trous. Jo se tourna vers elle et la plaqua contre une pierre tombale en forme de croix : la barre transversale se trouvait à la hauteur de ses épaules et, dans son dos, elle sentait une couche de mousse à travers son mince manteau. Brusquement, elle comprit ce qui allait se passer. Son cœur battait la chamade ; la langue de Jo n'arrêtait pas de surgir dans l'étroite fente de sa bouche.

« Bon, on y va, et vite, poupée. Ils ont dit qu'on avait cinq minutes.

— On va où ? Je ne sais pas de quoi vous parlez. » Caroline avait dit qu'on *s'allongeait*.

« Allez. Un petit baiser pour commencer. »

Il colla soudain sa bouche sur la sienne et sa langue, pareille à une anguille, s'enfonça dans sa gorge. Son nez étant enfoui dans sa joue, la respiration de l'homme était laborieuse et son souffle sortait par à-coups en gémissements étouffés. Virginia ouvrit un œil et aperçut l'immense forêt de son crâne fauve. Elle sentait le corps entièrement tendu de l'homme, dont le bassin semblait cogner contre le sien. Soudain, alors même qu'un plaisir imprévu commençait à la faire frissonner, l'homme grogna comme un chien qu'on dérange et recula d'un bond.

« Continuez, continuez, s'entendit-elle dire, laissant ses bras en l'air, écartés, sur la barre de la croix. S'il vous plaît, n'arrêtez pas.

— Les cinq minutes sont passées, ma chère. » Il consulta sa montre. Son ton était sec, il avait de la sueur sur le front.

Virginia laissa retomber ses bras le long de ses flancs. Elle avait très froid.

« Joli modèle d'architecture », fit l'homme en se tournant vers le clocher, la voix à nouveau blagueuse. Virginia lui emboîta le pas pour regagner le pub, les genoux flageolants.

Quelque six ans après cet incident, Mrs Fly tenta d'expliquer à sa fille de vingt-trois ans les choses de la vie. L'expérience de Virginia ne s'était accrue entre-temps que d'un seul baiser supplémentaire, donné par l'organiste du village après un baptême multiple, et d'un doigt de vieillard courant sur sa cuisse dans le métro, mais au moins connaissait-elle la théorie. Caroline avait à présent trois enfants et ne lui épargnait aucun détail concernant leur conception, laborieuse ou non, et le formidable apogée qu'avaient constitué ces trois naissances.

Mrs Fly ignorait tout cela et rassembla ses forces pour accomplir son devoir un soir que Ted était au Rotary.

Elle se donna un mal fou pour que la soirée ait l'air normale et que Virginia ne devine pas qu'il se tramait quelque chose. Après un dîner de gratin de macaronis et de pommes au four, Mrs Fly s'assit dans son fauteuil en tweed préféré au coin du feu, et s'arma d'un torchon troué à raccommoder. Virginia, fatiguée après une journée éprouvante à l'école, s'affala dans le fauteuil opposé avec *Amants et fils*. Elle espérait que sa mère ne lui réservait pas une de ses fameuses conversations.

« Virginia ?

— Oui ?

— Tu es un vrai rat de bibliothèque… Oh, mais je ne veux pas t'ennuyer si tu as envie de lire.

— Ça ne fait rien, dit Virginia, reposant son livre.

— C'est juste que… eh bien, je me disais qu'on devrait avoir une petite discussion.

— Ah bon ? À propos de quoi ? » Virginia se demanda si la directrice avait une nouvelle fois abordé Mrs Fly, comme le mois dernier, pour l'interroger sur la pâleur de sa fille.

Mrs Fly trancha net un morceau de fil entre ses dents.

« Oh, rien que toi et moi… » Elle se tut le temps d'enfiler son aiguille. « Je pensais à une petite discussion sur les choses de la vie.

— Ah, les choses de la vie… » Virginia sourit. « Je ne pense pas que tu aies besoin de me dire grand-chose à ce sujet. » Mrs Fly sursauta légèrement, se piquant le doigt.

« Ne me dis pas que… ?

— Non, non. Je n'ai pas perdu ma virginité, si c'est ta question.

— Tu m'as flanqué une sacrée frousse, l'espace d'une seconde. Je sais qu'elles le font toutes, de nos jours. Mais, tu sais, quand on est mère, on n'aime pas tellement imaginer sa fille en train de…

— Je m'en doute. De même qu'on n'aime pas tellement imaginer ses parents. »

Mrs Fly leva des yeux outrés vers Virginia, mais garda son calme. Son plan initial contrecarré, elle fit preuve d'une héroïque spontanéité et changea de tactique.

« Eh bien, manifestement, il est inutile d'entrer dans les détails techniques… tu les connais sûrement mieux que moi, avec tous les livres qui existent aujourd'hui. » Elle eut un petit rire. « Non, ce dont j'aimerais te parler, c'est plus du côté spirituel. Plus personne n'en parle réellement de nos jours. » Elle glissait son aiguille d'une main experte dans la trame du torchon.

« Et donc ? s'enquit Virginia, après un long silence qui indiquait que sa mère avait oublié ce qu'elle comptait dire.

— Eh bien, ma chérie, comment formuler ça ? Ce que j'essaie de t'expliquer c'est que… Le, euh… l'acte, disons, ne se termine pas une fois qu'il est fini.

— Ah bon ? » Virginia, exceptionnellement, sentait qu'elle avait l'avantage.

« Ce que j'aimerais que tu saches c'est que, une fois que tu as connu la chose, une fois que tu as été satisfaite, plus rien n'est jamais tout à fait comme avant. » Elle regarda sa fille avec une sévérité inhabituelle. « On a vu des filles très ternes se mettre à rayonner, après avoir connu l'amour physique… » Virginia sentit une boule de nausée brûlante lui remonter dans la gorge. « Je veux dire, prends ton père et moi. Autrefois… je me souviendrai toujours du bien-être délicieux que je ressentais ensuite. »

À la pensée de ses parents au beau milieu d'un acte susceptible de leur procurer ensuite un bien-être délicieux, Virginia se leva, alla aux toilettes et vomit tripes et boyaux. Elle se fit la réflexion que sa mère était soit folle, soit ivre de fantasmes, ou encore trop influencée par les romans sentimentaux qu'elle dévorait. Virginia savait pertinemment que ses parents ne se déshabillaient jamais l'un devant l'autre, n'allaient jamais dans la salle de bains quand l'autre était dans la baignoire, et éteignaient la télévision à la première allusion au sexe. En fait, sa propre conception tenait sans doute du miracle et, dans l'espoir d'effacer la répugnante image des corps de ses parents s'agitant dans le noir, elle se servit un petit verre de whisky sec.

Mrs Fly comprit alors que son plan avait échoué quelque part, et quand sa fille regagna son fauteuil, elle changea de conversation pour parler des bulbes qu'il fallait déterrer.

Lorsqu'elle arriva chez elle, Virginia trouva son père en train de refermer le garage sur son break, véhicule qu'il traitait avec un soin sans commune mesure avec sa valeur véritable. En apercevant Virginia, il rouvrit les portes.

« Je vais t'accompagner à la gare.

— Pas la peine. Je peux parfaitement prendre le bus de six heures.

— Ça ne m'embête pas. » Il aimait bien faire de petites choses pour elle.

« Bon, alors, ce serait gentil. » Elle lui sourit, sachant qu'il fondait en secret de grands espoirs sur le professeur.

Dans la cuisine chaude et emplie de vapeur, elle attrapa un scone à peine sorti du four et se versa un verre de lait. Bonne ménagère, sa mère avait fait en sorte que leur maison de 1914, avec son stuc blanc et ses poutres Tudor en façade, soit plutôt pimpante à l'intérieur. « Une maison agréablement moyenne », disait son père pour la décrire. En fait, elle renfermait à coup sûr plus de bibelots que la maison moyenne : des centaines d'animaux en verre, d'oiseaux en porcelaine et de souvenirs en tout genre encombraient chaque étagère et chaque appui de fenêtre, tant et si bien qu'il était risqué de tirer les rideaux sans d'extrêmes précautions.

Quant à la chambre de Virginia, Mrs Fly l'avait décorée au cours d'un week-end dix ans auparavant en guise de « surprise », histoire de bien démontrer qu'il était absurde de consulter un étranger au sujet d'une chose pour laquelle on était soi-même plus douée. La surprise consistait en murs d'un rose tout droit sorti d'un nuancier, et en rideaux aux rayures blanches et bleues parsemées de roses roses. Une carpette en peluche synthétique au pied du lit, une marine représentant une tempête accrochée au-dessus du lit et, le long d'un mur, une étroite étagère censée accueillir des miniatures en verre. Là, Virginia s'était rebellée et avait installé sur la tablette ses livres de poche et la photo de Charlie.

La fenêtre à croisillons de plomb donnait sur un bout de jardin assez morne, privé de végétation par des pavés qu'entouraient de maigres brins d'herbe. Tous les étés, Mr Fly, agacé par la corvée de tonte, supprimait un peu plus d'herbe au moyen d'un peu plus de pavés, arguant que c'était la surface qui comptait, pas la verdure. Par-delà les haies sombres du jardin se dressaient les massives collines du Surrey, avec leurs tapis de fougères et leurs sinistres pins épars. Virginia connaissait par cœur le moindre centimètre carré de la vue. Elle avait contemplé ce panorama des heures durant au fil des années, le regardant se parer des éclatants reflets dorés et saumonés des couchers de soleil semi-faubouriens, trépider sous l'orage, se vêtir d'un manteau de neige immaculée, ou absorber la faible lumière printanière. Il n'avait jamais gagné en gaieté, et pourtant Virginia aimait bien ce paysage.

Aujourd'hui, regardant par la fenêtre la pluie dense tomber à la verticale, elle décida qu'il n'était pas question d'abîmer ses Hush Puppies. Des bottes, se dit-elle. Un foulard en mousseline de soie rose, et un autre cardigan. Le professeur, toujours impeccable, ne semblait jamais remarquer les vêtements qu'elle portait. Il s'inquiétait seulement qu'elle n'ait ni trop chaud ni trop froid, qu'elle se sente toujours à son aise physiquement.

Envoyant promener ses chaussures humides, elle enleva la courtepointe chenille de son lit et s'étendit, jambes écartées. Elle s'était souvent, à la fin de journées désespérantes, allongée dans cette position, à spéculer sur ce qu'elle ferait si un homme apparaissait à la fenêtre, pénétrait dans la pièce et la séduisait. Sans doute ferait-elle mollement semblant de protester, pour qu'il la respecte, avant de capituler avec fébrilité et allégresse. Ensuite elle se lèverait, rejoindrait son miroir et examinerait son image d'un air incrédule : échevelée, le teint rose, rayonnante comme elle ne l'avait jamais été.

« Merci beaucoup, dirait-elle. Surtout, revenez quand vous voulez. »

Après cette rêverie familière, Virginia quitta son lit et gagna la fenêtre afin de vérifier que ne s'y trouvaient réellement aucune échelle ni aucun homme pour y grimper. Puis elle se rendit à sa coiffeuse et étudia son reflet, avec une sévérité insolite. D'un geste de défi soudain elle ôta l'élastique qui rassemblait ses cheveux en un triste toupillon, et secoua la tête jusqu'à ce qu'ils retombent en désordre sur ses épaules. La peau un peu grasse après cette longue journée, elle se tamponna le visage d'un nuage de poudre d'un blanc jaunâtre, se pinça les joues et appliqua un rouge à lèvres beige sur sa bouche. « Voilà qui devrait surprendre le professeur, songea-t-elle, souriant intérieurement. Il ne me reconnaîtra pas. » Certes, son manteau de tweed sans âge et ses bottes de caoutchouc atténueraient passablement l'effet escompté, mais elle n'avait rien d'autre, et de toute manière ces deux accessoires lui procuraient un sentiment de sécurité.

Dans la voiture, son père la jaugea d'un coup d'œil.

« Il y a quoi au programme ce soir ?

— Sonates pour piano de Mozart.

— Tu t'es faite belle pour elles. J'aime bien tes cheveux dénoués comme ça. » Virginia rejeta sa tête en arrière sans rien dire. Mr Fly, par souci de confort, revint à son thème d'élection. « Je suis rentré de la gare ce soir en exactement onze minutes et quarante secondes. Avec ce mauvais temps et ces chaussées glissantes, c'est pas mal du tout, tu sais. » Depuis vingt ans il chronométrait son trajet entre la maison et la gare, s'appliquant à obtenir une moyenne précise. Il disposait de chiffres relatifs à toutes les conditions météo, toutes les conditions de circulation et toutes les périodes de l'année.

« Seulement une petite minute de plus que la moyenne par temps de pluie, non ? répondit Virginia, qui connaissait presque tous ces chiffres par cœur.

— Une minute et cinq secondes, pour être exact. Mais les pneus sont un peu dégonflés. C'est pour ça.

— Ah. » Virginia regarda le long profil de son père, les yeux pâles enserrés dans leur réseau de rides, les cheveux gris rasés de près au-dessus de la nuque décharnée, le col de la vieille chemise Viyella minutieusement raccommodé, et elle éprouva un inexplicable élan d'affection. Elle savait qu'elle n'avait pas comblé les espérances qu'il nourrissait pour elle, et pourtant il ne le lui reprochait jamais. Il s'obstinait simplement à espérer, à sa manière paisible.

« Ça fait longtemps que le professeur n'est pas venu nous voir.

— Oui, une éternité, acquiesça-t-elle.

— Ta mère serait ravie de le recevoir à déjeuner un dimanche, tu sais.

— Je sais.

— Il était tellement intéressant la dernière fois à propos de Salzbourg.

— C'est un homme intéressant.

— En tout cas, moi, je serais content de le revoir. » Il mit les essuie-glaces, chassant l'épais crachin qui masquait la vue. De grands arbres noirs se découpaient maintenant de chaque côté de la route. « "Le comté du Surrey et ses conifères..." cita-t-il à voix basse, car il avait toujours aimé Betjeman. Nous n'avons pas une vie très aventureuse, hein, Ginny ? J'espère qu'elle n'est pas trop monotone pour toi.

— Oh, non, se récria Virginia, repensant à l'état dans lequel l'avait laissée l'homme à la moustache noire. L'aventure, ce n'est pas mon truc. »

Une heure et demie plus tard Virginia retrouva le professeur devant la salle de concert de Wigmore Street. Il l'attendait sous son parapluie. Lorsqu'il aperçut la tête nue dégoulinante de Virginia, une expression d'inquiétude assombrit son visage, aussitôt remplacée par un air de léger étonnement. Elle était très différente les cheveux dénoués.

« Bonsoir, Miss Fly.

— Virginia, professeur, je vous en prie ! dit-elle en souriant.

— Alors vous devez m'appeler Hans. »

Virginia et le professeur se retrouvaient toutes les quatre ou cinq semaines, en fonction des concerts, depuis maintenant presque trois ans. À chaque rendez-vous leurs relations progressaient un peu, se réchauffant vers la fin de soirée – ils n'avaient déjeuné ensemble qu'une fois, non sans un certain malaise –, mais les semaines qui s'écoulaient ensuite dissipaient à nouveau cette aisance, pour laisser place à un salut formaliste. Cependant, tous deux étaient désormais accoutumés à leurs réactions respectives, et même si l'un et l'autre considéraient qu'ils devaient entamer la soirée sur un mode cérémonieux, ils n'étaient pas mal à l'aise.

Ils se rendirent, comme d'habitude, à quelques pas de là dans un café élégant aux douces lumières rouges. Le professeur commanda une viennoiserie pour Virginia, une part de Sachertorte pour lui, et deux cafés mousseux.

Virginia agita sa chevelure. Le professeur n'émettait jamais de commentaires sur l'apparence de la jeune femme, mais ce geste l'incita à lâcher une remarque.

« Depuis toutes ces années, c'est la première fois que vous les laissez dénoués.

— Oui, admit Virginia. C'est la fin d'une journée importante. » Au fond de son cœur, elle savait que cette journée morose n'avait rien eu d'important, mais elle ne voulait pas qu'il la plaigne.

Il ne la questionna pas sur l'importance de ladite journée, pas plus d'ailleurs que sur le reste de sa vie. De son côté, elle savait peu de choses de lui, du moins sur ses vingt-cinq dernières années à Londres. Concernant les trente premières, à Vienne et Salzbourg, elle avait eu droit à une multitude d'anecdotes pétillantes.

Ils s'étaient rencontrés dans un train entre Guildford et Londres. Alors qu'ils entraient en gare, le professeur, avec une prudence et une courtoisie infinies, pour qu'elle ne se figure pas qu'il lui faisait de quelconques avances, avait demandé à Virginia si elle pouvait lui indiquer combien de temps on mettait à pied entre Waterloo et le Festival Hall. Il se trouvait que Virginia, lasse d'attendre qu'on l'invite à sortir, avait commencé à se rendre seule aux concerts, et justement, ce soir-là, elle allait au Festival Hall. Se sentant un rien audacieuse mais en même temps totalement à l'abri – il n'avait pas l'air d'un assassin et elle n'était pas à cette époque-là en quête d'un homme qui la séduise –, elle avait proposé qu'ils fassent le chemin ensemble.

Pour la remercier de sa gentillesse, le professeur lui avait offert une tasse de café à l'entracte, avait parlé brillamment de Mahler, critiqué l'orchestre avec une morgue pleine d'humour, et pris l'adresse de Virginia. Quelques semaines plus tard il lui avait écrit un message très solennel lui demandant si elle accepterait de venir avec lui écouter le *Requiem* de Verdi à l'Albert Hall, et le canevas de leurs rapports à venir avait ainsi été ébauché.

Dans la salle de concert le professeur acheta à Virginia un programme qu'elle lut d'un bout à l'autre avec un enthousiasme touchant. Plus tard elle le rangerait dans le tiroir du bas de sa coiffeuse, en compagnie de plusieurs dizaines d'autres, et des invitations polies du professeur (qui ne téléphonait jamais). C'étaient là les seules preuves tangibles de l'unique relation constante, quoique très sobre, qu'elle ait jamais entretenue avec un homme. Les lettres de Charlie, malgré les paragraphes empreints de désir qui lui échappaient parfois entre deux petites amies, n'étaient pas de même nature.

Si l'auditoire de Mozart n'était pas très haut en couleur, il était tout prêt à réagir à la musique. La pianiste, une grosse femme en robe de satin cache-cœur qui ne flattait ni son buste ni ses bras, interpréta les morceaux en tapant comme une sourde avec force mouvements de tête mais pas grand-chose d'autre. Elle faisait insulte aux sonates, et son incompétence contrariait le professeur.

« Une soirée tout à fait abominable, marmonna-t-il. Un véritable scandale. Je suis désolé, Virginia. »

Dehors, il pleuvait encore et il faisait maintenant très froid. « Voulez-vous boire quelque chose de chaud ? suggéra-t-il. Nous avons le temps. »

Pourquoi, se demanda Virginia, était-elle le genre de fille à qui les gens proposaient toujours une boisson chaude et non simplement un verre ? Qu'y avait-il chez elle qui empêchait les gens d'imaginer qu'elle s'enfilerait volontiers un double whisky ? Pour la première fois de sa vie, par cette froide soirée de novembre, elle refusa la fameuse boisson chaude.

« Je préférerais un brandy, si vous voulez bien », dit-elle en agitant à nouveau sa chevelure. Le professeur haussa les sourcils.

« Oh, mais vous êtes déchaînée ce soir ! Parfait. »

Ils allèrent dans un pub bien chauffé, que baignait un faible éclairage ambré, et burent du cognac dans un angle de la salle. Le professeur paraissait un peu déconcerté par l'insolite de la situation.

« Vous êtes très nerveuse ce soir. Vous n'êtes pas détendue. Est-ce à cause de la mauvaise musique ?

— Non, non. C'est juste que… ce genre de vie, ma vie actuelle, touche à sa fin.

— Ah ? » Les yeux sombres du professeur trahirent fugacement une dignité blessée.

« Charlie vient en Angleterre. Vous savez, mon correspondant américain. Il arrive dans deux mois. Peut-être moins. » Elle sourit intérieurement. « Je ne sais pas combien de temps cela va prendre. Environ une semaine, je suppose, pour tout organiser. Nous nous connaissons déjà tellement bien… ce ne sera pas un problème. Et ensuite nous partirons vivre dans l'Utah.

— Vous voulez dire que vous avez l'intention d'épouser ce Charlie ? » Le professeur se commanda un autre verre.

« Eh bien, nous n'avons rien planifié de façon explicite, mais il semble que ce soit devenu une sorte d'accord tacite au fil des années.

— Et que se passera-t-il si ça ne marche pas ? Si vous et ce Charlie, en fin de compte, vous ne pouvez pas vous voir en peinture ? » Il y avait presque de la rage dans la voix du professeur. Un petit triangle rouge vif était apparu sur chacune de ses joues. Virginia entoura son verre de ses mains. Elle avait anormalement chaud.

« Il est très beau et mène une vie très intéressante, dit-elle avec calme. Je pense que nous serons très bien assortis.

— Oh, mon enfant, fit le professeur. Ma chère enfant. » Il resserra son grand manteau autour de ses épaules, même s'il était impossible qu'il ait froid. « Maintenant que c'est arrivé, je peux vous avouer quelque chose. Mais d'abord, laissez-moi vous souhaiter tout le bonheur du monde. » Il lui adressa un sourire poli et cérémonieux. Virginia inclina la tête. Personne ne lui avait jamais souhaité pareil bonheur auparavant. « De loin en loin, déclarait le professeur, l'idée m'a traversé l'esprit que je vous ferais un jour une très honorable demande. J'ai reporté le moment car je sentais au plus profond de moi que je ne ferais pas un mari idéal. Vous pourriez être ma fille. Je ne suis pas fait pour vous. Et pourtant, pas la peine d'être faits l'un pour l'autre pour bien s'entendre, vous ne croyez pas ? » Il sourit, ses lèvres dévoilant largement ses belles dents, et aussitôt l'entrelacs des rides de ses yeux, de sa bouche et de ses joues changea de configuration. « Il n'empêche, cette idée a toujours été merveilleuse à caresser, et maintenant, au moins, je me verrai épargner un refus de votre part. »

À ce moment-là Virginia se rendit compte qu'elle était franchement ivre, car les paroles du professeur eurent sur son esprit un impact moitié moindre que si elle n'avait rien bu. Elle sourit au professeur d'un air gentil et stupide à la fois. Elle avait envie de glousser, mais se maîtrisa.

« Cher Hans, dit-elle, il faut que j'attrape mon train.

— Très bien. » Il la suivit, lui saisissant le bras plus fermement que d'habitude.

À la gare, comme il en avait coutume, il l'accompagna dans le wagon. Juste avant de la quitter, une pensée lui vint.

« Il y a le Chœur Bach qui se produit dans deux mois. Vous vous souvenez, nous étions allés l'écouter l'an dernier et ça nous avait plu… Je me demandais si vous me permettriez de vous emmener tous les deux, vous et ce Charlie ? » Virginia ne perçut pas la pointe de sarcasme dans sa voix.

« Ce serait adorable, dit-elle, ses mots toujours mal assurés. Je suis certaine que cela plairait à Charlie, même s'il ne s'y connaît pas beaucoup en musique. »

Le professeur baisa la main de Virginia, souleva son chapeau et s'inclina – rituel qu'il accomplissait systématiquement quand il la quittait.

« Alors j'en serai enchanté », dit-il avant de s'éloigner sur le quai sans se retourner.

Il faisait froid dans le wagon. La pluie ruisselait de plus en plus vite sur les vitres. Virginia sortit le programme de son sac, le déplia, et le relut de A à Z. Elle avait passé nombre de soirées agréables avec le professeur. Ces concerts réguliers lui manqueraient. Bien sûr, elle pourrait emmener Charlie écouter de la musique, mais ce ne serait pas pareil. Pour une raison mystérieuse, elle sentit les larmes lui monter aux yeux. Avec humeur, histoire de faire quelque chose, elle trouva un autre élastique dans son porte-monnaie et se tira à nouveau les cheveux en arrière. Elle commença à regretter d'avoir bu ce brandy.

À la maison, elle trouva la lanterne orange allumée sous le porche. Une note accueillante, d'après sa mère. Mais qui parait aussi de vilains reflets les massifs de rhododendrons près de l'entrée. Virginia s'en fit la réflexion pour la première fois. C'était bizarre qu'elle n'ait jamais remarqué avant à quel point ils étaient laids.

Dans la cuisine, sa mère avait laissé sortis, comme de juste, un mug et sa cuillère, ainsi qu'une boîte de chocolat en poudre déjà ouverte. Sur la cuisinière le lait était prêt à bouillir dans une casserole, contre laquelle était appuyé un mot.

Ai mis lait prêt à bouillir dans casserole, disait le message. *Biscuits dans boîte habituelle. Petite surprise pas piquée des vers pour toi demain matin. On va tous être célèbres. Espère que tu as passé une bonne soirée. Baisers, Maman.*

Légèrement abattue, Virginia se prépara un chocolat chaud, plus par habitude que par réelle envie. Elle connaissait les surprises de sa mère. Ils allaient sans doute répondre à un sondage d'opinion sur des lessives, ou bien sa mère était encore tombée sur une abominable croûte qu'elle avait prise à tort pour un Rembrandt. Non, décidément, la perspective d'une surprise maternelle ne constituait pas un motif d'impatience.

Lorsqu'elle se fut déshabillée et brossé les cheveux cinquante fois, Virginia s'agenouilla près de son lit. Elle récita ses prières à voix haute, comme elle le faisait depuis vingt-cinq ans, et comme sa mère le lui avait appris.

Puis, après avoir passé en revue tous les membres de la famille et autres amis qu'elle espérait voir bénis, et demandé que le professeur soit heureux, elle ajouta soudain, étonnée de sa propre ferveur :

« Et s'il vous plaît mon Dieu, à propos de Charlie…
Si c'est votre volonté qu'il ne veuille pas m'épouser, alors
s'il vous plaît mon Dieu, faites qu'il veuille bien me
séduire. Cela, mon Dieu, je vous en prie instamment. »

Chapitre 2

« Ils veulent qu'on passe à la télévision », finit par annoncer Mrs Fly en faisant la vaisselle le lendemain matin. Elle n'en revenait pas que Virginia ne lui ait pas demandé quelle était la surprise. C'était une drôle de fille, à certains égards, sa Ginny. Aucune des choses usuelles ne semblait exciter son intérêt.

« Qui veut qu'on passe à la télévision ? » Virginia, en réalité, avait complètement oublié la surprise.

« Le fameux Geoffrey Wysdom. Tu sais, celui qui fait tous ces documentaires sérieux, tellement réalistes. » Virginia avait entendu parler de lui, mais regardant rarement la télévision, elle n'avait jamais vu ses émissions.

« Qui veut-il dans son émission ? » insista-t-elle. Là encore, Mrs Fly parut déconcertée. Plusieurs assiettes s'entrechoquèrent bruyamment dans l'évier.

« Eh bien, pas vraiment nous, ton père et moi. C'est toi qu'ils veulent, à vrai dire.

— Et ils veulent que je fasse quoi ?

— Alors ça, dit Mrs Fly avec une détermination soudaine, sûrement pour ménager le suspense, je vais laisser la documentaliste te l'expliquer. Elle est passée ici hier soir. C'est sous ce titre qu'elle s'est présentée, documentaliste. Une fille très gentille. À la voix très douce. Je lui ai dit qu'elle pouvait repasser vers onze heures ce matin.

Que tu serais là, et que tu pourrais peut-être l'aider... »
Mrs Fly se tut.

On était samedi matin, Virginia n'avait pas classe, seulement une pile de rédactions à corriger. Elle monta dans sa chambre faire son lit. Elle avait bien dormi, sans rêves, et se sentait aussi enjouée qu'elle pouvait espérer l'être par une matinée d'hiver grisâtre avec pour seule perspective un week-end désœuvré. Jamais elle ne l'aurait avoué à sa mère, mais cette histoire de télévision suscitait en elle une vague curiosité. Sans doute un sujet en rapport avec l'éducation ; sur les salaires minables des enseignants, peut-être. Eh bien, elle connaissait la question. Elle serait éloquente, et l'idée d'être filmée ne lui faisait pas peur. La chose pourrait même s'avérer intéressante. Marquer un point de rupture dans sa vie. Quelqu'un pourrait la voir, et l'inviter comme chroniqueuse dans une émission éducative, ou bien tomber amoureux d'elle, lui écrire aux bons soins de la BBC : *Chère Miss Virginia Fly, je vous ai vue dans le poste l'autre soir. J'espère que vous ne m'en voudrez pas, mais j'ai reconnu en vous la femme que je cherche depuis toujours...*

Virginia ouvrit résolument le premier cahier d'exercices. *Une abeille et un éléphant à pois avaient une fontaine et un arc-en-ciel. En partant se promener dans la forêt, ils virent des animaux...* Crayon rouge à la main, elle continuait à penser à la lettre du téléspectateur inconnu.

La documentaliste arriva à onze heures précises. Jenny, elle s'appelait. Des cheveux roux bouclés, des jambes disgracieuses cachées dans des bottes à la mode, un sourire amical, et une attitude étrangement ouverte, comme si elle était prête, d'emblée, à s'intéresser à tout.

Mrs Fly proposa du café.

« Oh, merveilleux, s'exclama l'enquêtrice. Justement, j'en rêvais. Cela ne vous dérange pas trop ? » Elle regarda par la fenêtre le maigre jardin, les feuilles tachées de rouille sur les affreux pavés. « Tellement agréable de sortir de Londres, dit-elle. C'est un des grands avantages de mon métier. On va partout dans le pays. » Virginia sentit que la jeune femme essayait de gagner du temps. Elle sourit pour l'encourager.

« Ce doit être un métier fascinant... Mais, ajouta-t-elle, subitement intriguée, comment avez-vous eu vent de mon existence ?

— Oh, nous avons des gens qui nous en indiquent d'autres. Des contacts, vous savez. » En bonne professionnelle, Jenny éludait. Elle s'enfouit presque entièrement dans une immense besace en cuir souple, d'où elle finit par ressurgir armée d'un carnet. « Bon, maintenant, les raisons de ma présence. » Elle adressa à Virginia un sourire compatissant et un rien coupable. « En ce qui concerne notre émission... je suppose que vous la connaissez ? Vous savez quel genre de choses nous faisons ?

— Non, j'ai bien peur que non, avoua Virginia. Je ne regarde pas souvent la télévision.

— C'est vrai ? » Jenny eut du mal à dissimuler sa stupéfaction. « La plupart des gens la connaissent, pourtant. Moi qui nous croyais populaires ! plaisanta-t-elle avec un petit rire de gorge. Bref, notre objectif est de mettre des gens ordinaires à l'écran, de les pousser à s'exprimer exactement comme s'ils étaient sous leur propre toit... d'ailleurs, le plus souvent, c'est le cas. C'est incroyable comme l'homme de la rue peut être loquace dès qu'il se met à évoquer ses problèmes.

— Ses problèmes ? s'enquit Virginia.

— Oui bon, je veux dire, les gens, quand ils ont des problèmes. Il faut reconnaître que nos émissions traitent principalement de questions sociologiques.

— Je vois. Vous êtes, dirons-nous, des travailleurs sociaux télévisuels, déclara Virginia. Puis elle ajouta, sans laisser à Jenny le temps de démentir : Sauf que je n'ai pas de problèmes.

— Des problèmes ? Mais non, bien sûr que vous n'en avez pas. » Jenny tressaillit légèrement et, de plus en plus embarrassée, agita les boucles de sa crinière rousse. « Ça, c'est seulement *certaines* des émissions. Les autres sont simplement... des explorations de situations humaines difficiles, ou des points de vue différents, vous voyez ce que je veux dire. » Elle sourit à nouveau, si gentiment que Virginia ne put s'empêcher d'éprouver de la bienveillance à son égard.

« En quoi puis-je vous aider ? demanda-t-elle. Les salaires des enseignants ? Je peux vous citer des tas d'exemples édifiants.

— Euh, non, rien à voir avec le métier d'enseignant, en fait, répondit Jenny, qui trouvait beaucoup plus facile de traiter avec des prolétaires abrutis qu'avec des gens dotés d'un minimum d'intelligence. Ce que nous faisons, simplement, c'est une émission sur, hum... l'amour avant le mariage. L'amour aujourd'hui. Est-ce qu'il existe encore ? Et si oui, sous quelle forme ? Ce genre de choses. »

Jenny, soulagée, eut un autre sourire éblouissant. Elle avait réussi à énoncer la partie la plus délicate de son explication. Virginia, en retour, la contempla avec ironie.

« Je ne pense vraiment pas être la personne qu'il vous faut. Vos contacts ont dû mal vous informer. Je n'ai jamais été amoureuse. Je n'ai même pas de petit ami.

— C'est justement pour ça que vous pouvez nous aider. Vous incarnez, comprenez-vous, un concept à l'ancienne. Si vous me permettez... vous êtes vierge, n'est-ce pas ? Et vous avez trente et un ans, je crois ? » Virginia acquiesça d'un bref clignement d'yeux. « C'est ce qu'on m'a dit. Bon, maintenant, est-ce que vous voyez en quoi vous avez votre place dans notre émission ? Nous allons parler à des mères célibataires adolescentes, à des jeunes filles qui se sont fait avorter, à des jeunes femmes laides qui n'arrivent pas à trouver d'amoureux, à des couples officiellement fiancés depuis des années et qui finissent par rompre, etc. Vous remplirez, dirons-nous, la case virginité. Enfin quoi, de nos jours, pardonnez-moi, mais les vierges ne courent pas les rues. Votre statut… intact – elle savait se montrer flatteuse – est une chose plutôt rare à notre époque. Passionnant, vraiment… » Jenny était lancée. La partie désagréable de son annonce était derrière elle. Virginia la laissa dégoiser sur l'émission, sur l'immense intérêt et sur l'aide effective que représenterait sa virginité pour des millions de téléspectateurs, sur le fait que certaines conceptions surannées de l'amour subsistaient encore de nos jours au milieu de toute cette anarchie… Pendant ce temps, Virginia délibérait.

« C'est Geoffrey en personne qui vous intervieweraît, précisa Jenny, convaincue que Virginia serait sensible à un si grand honneur. Personne ne parvient mieux que lui à faire parler les gens. » Elle se mordit la lèvre, consciente d'être allée trop loin.

« J'ai bien peur de n'avoir jamais vu Mr Wysdom, dit Virginia. Mais ma mère regarde ses émissions. »

Jenny eut un petit rire complice.

« Eh bien, je ne regarderais pas la télé non plus, je dois dire, si je n'y travaillais pas. Mais il faut se tenir au courant… Quoi qu'il en soit, qu'en dites-vous ? Avez-vous besoin de quelques jours pour réfléchir ?

— Pas la peine, répondit Virginia d'un ton brusque. J'accepte. »

Mrs Fly entra à ce moment-là chargée d'un plateau de café. Pleine d'espoir, elle se tourna vers sa fille.

« Alors, ma chérie ? Quelle est ta réponse ?

— J'ai dit que j'acceptais. » D'un ton plus morne, cette fois.

« Ah, formidable. » Mrs Fly s'était toujours sentie frustrée de sa part de gloire. « C'est une excellente émission, tu sais, vraiment honnête. Ce n'est pas comme si on

t'invitait à un de ces vulgaires jeux télévisés, crois-moi. »
Elle partit d'un rire joyeux. « Il faudra réfléchir à ta tenue,
avec la télé couleur. Pas de rayures, paraît-il, je me
trompe ?

— Surtout, ne vous souciez pas de votre tenue, se
récria aussitôt Jenny à l'adresse de Virginia. Habillez-
vous comme tous les jours. » Ah, je vois, songea celle-ci.
Elle ne veut pas que je m'habille trop chic, et que je ne
colle plus à mon image de vieille fille. Parfait. Elle ne
sera pas déçue.

« Est-ce que ces vêtements conviendront ? » demanda-
t-elle avec douceur. Jenny observa de près son cardigan
et sa jupe bleu marine, ses bas foncés à motif de dentelle
– la seule touche de frivolité dans son apparence –, ses
joues pâles et ses cheveux sévèrement tirés en arrière.

« Super, dit-elle, avec un enthousiasme dont Virginia
se demanda s'il était strictement professionnel ou totalement naturel. Absolument super. Contentez-vous de
vous habiller comme ça le jour J. »

Le jour J était le samedi suivant. Pendant une
semaine, la maison avait vibré de l'impatience qui titillait
Mrs Fly. Elle avait mis toute son énergie dans l'épousse-
tage, l'encaustiquage, l'arrangement puis le réarrange-
ment de l'ultime demi-douzaine de chrysanthèmes un
tantinet défraîchis du jardin, ainsi que dans la grave
question de savoir si tous les gens de l'équipe pren-
draient le café dans des mugs ou s'il faudrait réserver à
Mr Wysdom une des tasses du beau service.

Cette invasion programmée affectait subtilement
Mr Fly. Il déambula d'un pas un peu raide, cette semaine-
là, avec une étrange fierté étouffée, se bornant à confier à
un proche ami du bureau que sa fille allait bientôt être
célèbre. Reconnue pour son intégrité. Virginia, quant à
elle, était calme, apparemment indifférente.

Mrs Fly avait veillé à ce que les voisins ne passent pas à côté de l'événement. Exploitant au mieux sa gloire par procuration, elle s'était assurée qu'ils sachent précisément à quelle heure les camions-régie devaient arriver, et en effet, à l'heure dite, elle ne fut pas déçue. Virginia, cachée derrière un rideau, remarqua une certaine agitation dans les jardins alentour : comme par hasard, à dix heures, des gens sortirent soudain pour aller cueillir une fleur ou récupérer une bouteille de lait invisible, en profitant pour jeter un coup d'œil vers le numéro 14. Une forme de consécration pour sa mère.

Jenny, suivie d'un caméraman et de son assistant, d'un preneur de son et d'un éclairagiste, pénétra avec tout le matériel dans la maison. Un homme grand et pâle, qui déclara être ce qu'on appelait le réalisateur avant de s'esclaffer, se mit à distribuer des consignes. Il ordonna que les meubles, que Mrs Fly avait passé des heures à disposer avec soin la veille au soir, soient déplacés. Il se montra cependant très prévenant.

« Cela ne vous dérange pas, Mrs Fly, n'est-ce pas ? Nous remettrons tout en place. Mais pourrions-nous simplement nous débarrasser de ce canapé et tirer ce fauteuil par ici... et puis enlever ces fleurs ? » À chacune de ses requêtes, il brandissait ses longues mains laiteuses dans les airs telles des plantes aquatiques, et Mrs Fly accéda, évidemment, à toutes ses demandes.

Pleine de zèle mais tendue après sa nuit d'insomnie, Mrs Fly tremblait d'excitation. Elle avait choisi de porter une robe bleu jacinthe qui scintillait au moindre rai de lumière, pas franchement adaptée à une froide et humide matinée de novembre. Son profond décolleté bateau, garni de lapin blanc, soulignait cruellement les plaques roses enflammées causées sur sa poitrine par la nervosité. Virginia avait fait remarquer qu'à cette heure-ci des vêtements ordinaires auraient peut-être été plus appropriés. Mais Mrs Fly n'avait rien voulu entendre. La télévision, après tout, s'apparentait fortement à une soirée habillée.

Mr Fly, quant à lui, manches retroussées et plaisanteries bon enfant à l'adresse de chaque technicien, n'arrêtait pas de se prendre les pieds dans les fils et autres câbles. Il renversa le trépied, et l'instant d'après trébuchait et s'étalait de tout son long.

« Je me suis toujours intéressé à l'aspect technique des choses », expliqua-t-il, se relevant tant bien que mal et tâchant de conserver un semblant de dignité. Jenny, plus vigilante que jamais, lut un message discret dans l'œil du réalisateur. « Son intérêt pour la technique nous fait carrément chier, disait le message. Vire-moi ce mec de là. » Jenny proposa aussitôt à Mr Fly de se retirer dans la cuisine. Elle le fit avec tant de tact que Mr Fly, eût-il été moins candide, aurait bien pu prendre cette suggestion pour une manœuvre d'approche.

Pendant la majeure partie des préparatifs Virginia demeura à l'étage. À onze heures cinq elle nota l'arrivée d'une longue voiture argentée, d'où sortit celui qui devait être Geoffrey Wysdom. Il portait un manteau très large d'épaules et des gants en cuir perforés sur le dessus. Remontant le sentier vers la maison des Fly, il adressa des signes de tête aux voisins dans leurs jardins, et lança quelques salutations avec l'aisance de l'individu habitué à être reconnu. Personne ne répondit.

Virginia descendit. Geoffrey Wysdom, qui était en train d'enlever son pardessus, interrompit son geste en la voyant.

« Ah ! Bonjour, bonjour. Je suis Geoffrey Wysdom. Vous devez être Serena Fly.

— Virginia.

— Virginia, oui, pardon. » La main droite encore dans la manche de son pardessus, il tendit la gauche avec bonhomie. « Ma troupe a bientôt fini ? Ils ne chambardent pas tout, j'espère. »

À ce moment-là, Mr Fly et Jenny sortirent de la cuisine.

« Geoffrey Wysdom ! annonça vivement Mr Wysdom, avant que Jenny ait le temps de le présenter à Mr Fly. Comment allez-vous, Mr Fly ? » Sur quoi il s'élança vers le salon, saisit la main tremblante de Mrs Fly, et déclina une nouvelle fois son identité.

Lorsque Geoffrey Wysdom fit son entrée dans la pièce, à présent illuminée comme une scène de théâtre, quelque chose – effroi, respect ou admiration – vint recharger l'atmosphère... Il émanait de lui une suprême confiance en soi. Il couvrait la pièce, les meubles et même le morne jardin de joyeux commentaires et d'éloges extravagants. Il respirait la sincérité. Mrs Fly le trouvait merveilleux, et il réagissait au quart de tour.

« Ma parole, du Dresde, n'est-ce pas ? » lui demanda-t-il en désignant une vitrine de porcelaines. Mrs Fly rougit.

« Euh, non, pas vraiment du Dresde, avoua-t-elle, mais tout aussi précieux pour moi.

— Je m'y connais pas mal en porcelaines, reprit Mr Wysdom. En fait je suis un peu collectionneur à mes heures perdues. Ma femme et moi avons chez nous une magnifique collection. »

Le réalisateur avait cessé ses directives, et Virginia le vit hausser légèrement un sourcil vers Jenny, qui dissimula un sourire. Si la vitrine avait contenu de vieilles médailles, ou des coquillages, Mr Wysdom aurait sûrement eu chez lui une collection de vieilles médailles ou de coquillages. Cela devait faire partie de sa méthode pour mettre les gens à l'aise : faire croire à l'interviewé qu'il avait quelque chose en commun avec vous, l'homme sur l'écran. Le subterfuge fonctionnait parfaitement avec Mrs Fly. Tandis qu'il la félicitait sur sa robe, son canapé et ses rideaux, elle avait presque arrêté de trembler, et les plaques écarlates sur sa gorge commençaient à s'estomper.

Soudain Virginia s'aperçut que le tumulte s'était calmé. La pièce s'était vidée de tous ses occupants hormis le caméraman, le preneur de son et le réalisateur, lequel, pour une raison mystérieuse, jugea bon de s'accroupir derrière un petit fauteuil, la tête penchée mais néanmoins clairement visible.

Virginia était assise sur le canapé, chevilles croisées, mains mollement jointes sur les cuisses. Geoffrey Wysdom, en face d'elle, lui offrait une cigarette d'Orient. Ses multiples sourires avaient disparu, et maintenant qu'il ne remuait plus les lèvres, c'était à peine si on voyait encore sa bouche. Sous les projecteurs, ses cheveux, déjà pas très fournis, étaient d'une teinte verdâtre, et son front haut luisait. Contrastant avec sa large cravate, d'un rose saumon éclatant, sa mine était grave. Virginia eut l'impression que ses yeux s'étaient légèrement humectés.

De très loin, elle perçut le léger ronronnement de la caméra, ainsi qu'un bout de la première question.

« … Et donc, en tant qu'enseignante, quelles sont vos chances de mener une vie sociale épanouie ? »

Quelles sont mes chances de mener une vie sociale épanouie ? Virginia sourit. Peut-être ce premier sourire enjôlerait-il son téléspectateur inconnu.

Très chère Miss Fly, quand vous avez souri à la télévision l'autre soir j'ai su que ma vie avait changé… Geoffrey Wysdom posa à nouveau la question. Son regard était rivé sur elle, très insistant.

« Je n'ai pas vraiment de vie sociale, déclara-t-elle, avec calme. Je me sens très bien ici le soir, à lire. Je me rends à des concerts avec un ami toutes les trois ou quatre semaines, mais je n'ai jamais vraiment éprouvé le besoin d'avoir une vie sociale.

— Pourquoi ? » Sa voix était désormais tellement suave qu'elle avait du mal à l'entendre.

« Comment ?

— Je vous ai demandé pourquoi. Pourquoi n'éprouvez-vous pas le besoin d'avoir une vie sociale ? »

Elle répondit de son mieux aux questions de l'animateur au sujet de ses soirées pas très exaltantes, se demandant en quoi celles-ci pouvaient bien intéresser les téléspectateurs. Puis soudain quelqu'un lança : « Coupez ! », et tout s'arrêta.

L'expression de douleur s'effaça comme par magie des traits de Geoffrey, qui s'empressa d'allumer une autre cigarette. Il enchaîna en évoquant d'un ton badin sa propre vie sociale, ses dîners répétés avec le Directeur Général, si souvent répétés que la chose en devenait presque une corvée. Virginia changea légèrement de position. Il faisait très chaud dans la pièce, et elle avait conscience d'être plutôt ennuyeuse.

Lorsque les caméras redémarrèrent, Geoffrey Wysdom reprit aussitôt son air de commisération. Après un faible haussement d'épaules tout en flanelle grise, il eut un petit sourire tordu, si bien qu'un bref instant on distingua à nouveau sa bouche.

« Enfin quand même, Virginia, certains pourraient dire qu'à notre époque il est un peu étrange pour une jeune femme de votre âge et de votre, euh, physique, de se contenter d'une vie aussi tranquille que celle-là. » Silence.

« Je suppose, oui, acquiesça Virginia.

— Et vous êtes, je crois, toujours vierge ? » L'incertitude dans la voix de l'intervieweur était étonnante, la seule raison de sa présence ici étant précisément la virginité de son témoin…

« En effet. »

Geoffrey marqua une pause respectueuse. Puis il hocha la tête deux ou trois fois, comme si la gravité de la situation venait seulement de lui apparaître. Virginia, ne voyant aucune raison de rompre elle-même le silence, ne souffla mot. Geoffrey Wysdom hocha à nouveau la tête, mais le silence persista malgré tout. Pour finir, l'homme sembla réprimer un soupir, et une lueur de compassion s'alluma dans ses yeux.

« Et qu'est-ce que ça vous fait, à votre âge, d'être toujours vierge ? »

Saisie d'une aversion subite, Virginia répliqua d'un ton brusque :

« Ça me fait ce que ça m'a toujours fait. Comme je n'ai aucune idée de ce que ça fait de ne pas être vierge, il est évident que je ne suis pas en mesure de comparer les deux états. Ce n'est pas une chose dont je sois particulièrement fière, ni qui me tracasse non plus. Quand le moment viendra pour moi d'être séduite, croyez-moi, je ne serai pas en reste. Mais je ne passe pas ma vie à fantasmer sur ce moment. »

Certaine d'avoir été aussi convaincante sur son absence de désir que l'animateur l'avait été sur sa collection de porcelaines, elle sourit.

« Je vois. » Wysdom opina du chef encore plusieurs fois, passablement éberlué. « Et avez-vous en tête certaines images de ce à quoi cela ressemblera, le moment venu ? »

Virginia passa rapidement en revue ses rêves les plus frappants.

« Oh oui. Absolument. Je serai dans une grande prairie, des boutons d'or jusqu'à la poitrine. Ce sera l'été. Au loin j'apercevrai ce magnifique jeune gardien de troupeau, très bronzé et très mince, en train de guider ses vaches. Il les abandonnera pour venir me rejoindre. Nous ne parlerons ni l'un ni l'autre et, nonchalant, d'un geste lascif, il fouettera les boutons d'or avec son bâton, puis il m'arrachera mes vêtements et se jettera sur moi, mais les bêtes s'éparpilleront et nous serons obligés de nous dépêcher pour qu'elles n'aillent pas sur la route. » Elle se tut. Il y eut à nouveau un silence. Seigneur, songea Geoffrey Wysdom, Jenny ne m'avait pas prévenu que, en plus d'être vierge, cette fille était aussi un cas pathologique. Les deux étaient peut-être synonymes... N'empêche, la séquence était réussie.

Cette fois ce fut Virginia qui aida Wysdom à combler le silence.

« Enfin quoi, ce serait bien trop frustrant, non, au bout de trente et un ans, de sacrifier sa virginité à l'arrière d'un break ?

— Oui, oui, en effet. » Wysdom pouffa et toucha sa cravate. Le rose vif se refléta sur ses doigts.

« Désolé, Geoff, intervint le caméraman. Est-ce qu'on pourrait reprendre au moment des vaches ? On a eu un petit souci. »

Geoffrey Wysdom sourit vaillamment face à cette bévue qui cassait l'ambiance.

« Je suis vraiment désolé, expliqua-t-il à Virginia. Problèmes techniques. Cela ne vous dérange pas de répéter l'histoire du troupeau ? Et à la fin, si vous voulez bien, n'oubliez pas la remarque sur le break, et puis nous enchaînerons. »

Docile, Virginia fit à nouveau le récit de son rêve, et même en l'entendant pour la deuxième fois, Geoffrey Wysdom réussit à avoir l'air subjugué.

Durant le reste de l'interview, Virginia sentit qu'elle décevait Mr Wysdom. Était-elle heureuse dans sa virginité ? Oui, elle l'était. Il parut un brin découragé. N'y avait-il pas, au fond d'elle-même, une créature licencieuse qui ne demandait qu'à s'exprimer ? Non, il n'y en avait pas. Comment se faisait-il qu'à l'époque qui était la nôtre – il maniait le cliché doucereux avec maestria – elle ait pu conserver cette vertu si insolite ? Pour la simple raison que, croyez-le ou non, Mr Wysdom (elle se refusait à l'appeler Geoffrey, même si lui s'obstinait à l'appeler Virginia), l'occasion de porter atteinte à cette vertu ne s'était pas présentée. Personne n'avait jamais proposé de la dépuceler. Une certaine déconvenue assombrit le visage de Wysdom, presque aussitôt remplacée par de la compassion. Peut-être espérait-il qu'elle avait farouchement repoussé des dizaines d'assaillants… Repensant à l'homme dans le cimetière gallois, elle se dit que l'anecdote le dériderait peut-être. Mais il était trop tard. Coupez ! cria le caméraman, et Mrs Fly surgit illico avec du café et toutes ses plus belles tasses.

Ce fut durant cette pause-café que Geoffrey Wysdom, de manière tortueuse, suggéra que Mr et Mrs Fly participent à ce qu'on pouvait appeler une « scène de vie ». La famille devait discuter virginité au coin du feu pendant que les caméras tournaient, et le trio n'avait pas à s'inquiéter car lui, Geoffrey, interviendrait si l'un d'entre eux séchait. Mrs Fly était dans tous ses états. Ce bonus inattendu raviva ses tremblements. Se tapotant les cheveux pour camoufler son excitation, elle répondit d'une voix chevrotante :

« Je n'y vois pas d'objection, et toi, Ginny ? Si cela peut aider nos amis de la télévision…

— Oui, exactement ! » s'exclama Geoffrey Wysdom, persuadé que les Fly possédaient les qualités requises pour composer une scène de vie parfaitement crédible. Ravi d'être parvenu à amadouer la mère de Virginia mais ne voulant pas le montrer, il ajouta d'un ton sérieux :

« À mon avis, Mrs Fly, cela donnera une conversation absolument passionnante. »

Mr Fly fut moins facile à convaincre.

« Ce n'est pas un sujet que j'ai souvent abordé, déclara-t-il, à l'évidence gêné. Je n'ai pas d'opinion, en réalité.

— Allons, Ted. C'est *différent*, à la télévision. Les gens abordent toutes sortes de sujets », l'encouragea sa femme. Comprenant peut-être qu'il le paierait cher s'il se défilait, Mr Fly accepta avec un sourire malheureux et s'assit en rougissant sur le canapé, ce qui le plaça physiquement plus près de sa femme qu'il ne l'avait été depuis des années.

Geoffrey Wysdom invita alors Virginia à rapprocher son fauteuil, mais au grand étonnement de l'animateur celle-ci déclina.

« J'ai bien peur que non. J'y ai déjà pas mal mis du mien. Si mes parents ont envie de discuter de ma virginité devant des millions de gens, libre à eux. Mais rien de ce que vous pourrez dire ne saura me convaincre de me joindre à eux. » Il y avait de la dureté dans sa voix. Geoffrey Wysdom décida de ne pas insister, et proposa aimablement qu'elle se borne à écouter. Peut-être, le moment venu, estimerait-elle avoir son mot à dire...

La comédie recommença. Cette fois le réalisateur sortit de sa cachette derrière le fauteuil pour s'y asseoir, s'installant avec la bienheureuse assurance de celui qui s'attend à être diverti. Virginia prit place dans le fauteuil à côté de lui, notant le retour des plaques rouges de sa mère, et l'affaissement de la bouche de son père : cette moue révélait que, pour lui, toute cette histoire était allée trop loin, mais comment contrer la volonté d'une aussi puissante assemblée ?

« Mr Fly, en tant que père d'une... euh... fille ravissante qui à trente ans est toujours vierge, pouvez-vous me dire ce que vous ressentez à l'idée qu'elle ait pu demeurer intacte en ces temps d'amour libre et de mœurs dissolues ? »

Au mot « ravissante », les yeux de Mr Fly s'illuminèrent un instant. Personne n'avait jamais qualifié Virginia de « ravissante », et à moins qu'il ne soit encore plus jobard qu'il ne pensait, ce Mr Wysdom ne baratinait pas. Occupé à réfléchir à cette singulière description, il manqua la fin de la question, et dans la pièce s'établit alors un de ces silences désormais familiers.

« Voyez-vous, Mr Fly, certains pourraient dire que... » Mais Geoffrey fut interrompu par Mrs Fly, incapable de se contenir plus longtemps.

« Laissez-moi vous dire, au nom de mon mari et moi… (Elle donna un petit coup de coude à Mr Fly, et il s'aperçut avec consternation qu'il s'était laissé court-circuiter.) Laissez-moi vous dire que Ted et moi sommes fiers de notre fille… »

Et Virginia, non sans horreur, assista alors à un débat entre ses parents sur le concept de virginité. Elle sentit que l'équipe, le réalisateur, Jenny et Geoffrey Wysdom se frottaient tous secrètement les mains. Le spectacle épouvantable de ces gens racontant n'importe quoi dès que les caméras étaient braquées sur eux constituait à leurs yeux une scène de vie des plus précieuses. Geoffrey Wysdom eut à peine besoin de la pousser pour que Mrs Fly, ivre d'excitation, expose sa théorie sur la radieuse sérénité qui suivait la perte de virginité. Cet épisode représenterait un trop beau morceau de télévision pour qu'on n'en tire pas profit au montage. Malgré la chaleur qui régnait dans le salon, Virginia grelottait, et une fois l'interview terminée, elle monta dans sa chambre enfiler un deuxième cardigan.

L'équipe de télévision repartit dans la même joyeuse clameur qu'elle était arrivée. Jenny donna à Mrs Fly dix livres en liquide pour les « frais courants » (« l'électricité que nous avons utilisée, et bien sûr le café… »), et là encore Mrs Fly, abasourdie, resta presque sans voix.

« Ma parole, un tel plaisir, et rétribué, en plus… » parvint-elle tout juste à dire. Geoffrey Wysdom répéta à quel point leur témoignage avait été important pour eux tous, et pour lui personnellement, et qu'il serait d'une valeur absolument inestimable pour les téléspectateurs. Il serra la main à tout le monde, appelant désormais Mr et Mrs Fly « Ted » et « Ruth », et disparut dans l'éclat argenté de sa longue voiture, conçue elle aussi pour épater la galerie.

Lorsqu'ils furent tous partis, Mrs Fly, se forçant à revenir sur terre, alla s'occuper du déjeuner. Virginia

arpentait le salon : savourant l'espace et le calme retrou-
vés, elle s'émerveillait de la tranquillité ambiante. D'un
côté, elle se méprisait d'avoir accepté cette maudite
interview, mais de l'autre, l'expérience l'avait remplie
d'un étrange espoir. Quelqu'un, quelque part, serait
peut-être touché par ce fameux sourire.

Elle rejoignit sa mère. Mrs Fly, sans tablier, faisait
cuire des frites dans un état proche du somnambulisme.
Soudain, de l'huile jaillit de la poêle sur l'encolure en
lapin blanc de sa robe habillée. Elle baissa les yeux sur la
touffe de poils agglutinés, pour une fois sans le moindre
affolement.

« La rançon de la gloire », commenta-t-elle
simplement.

Chapitre 3

UN soir de fin janvier, à Ealing, Rita Thompson, veuve de son état, marchait au milieu d'une petite rue en direction de sa maison. Elle avait une théorie selon laquelle si elle marchait au milieu de la chaussée les voitures arrivant d'un côté ou de l'autre étaient obligées de la voir, et d'une certaine façon ce choix était moins dangereux que la pénombre des trottoirs.

Mrs Thompson, cinquante ans tout juste, était déguisée en bonne fée. Ne voulant pas abîmer ses ailes, qui avaient nécessité quinze jours de dur labeur à découper du carton, coller des paillettes, vaporiser de la peinture dorée et enfin coudre un harnais délicat à arrimer sur ses épaules, elle tenait son chaud manteau de tweed serré sous son menton, de telle sorte qu'il lui drapait le devant du corps. Autrement dit, son dos, protégé uniquement par ses superbes ailes et la fine soie de parachute teinte de sa robe de bal, était exposé au brouillard, et elle frissonna.

Mrs Thompson revenait du club des seniors où elle avait participé au spectacle. La représentation, lui semblait-il, avait été un succès. Ce n'était que justice. Avec les filles – six autres fringantes dames entre deux âges –, elles avaient passé huit mois à répéter une version condensée de *Cendrillon*. Chaque fois qu'elles avaient toutes une soirée libre, elles se réunissaient chez l'une ou chez l'autre pour préparer l'événement. C'était rigolo, remarquez. Ah ça, elles avaient eu quelques fous rires. Mrs Thompson était chargée des traits d'humour : elle pouvait affirmer sans mentir que tous les bons mots du texte étaient de son cru. Elle les avait dénichés pour la plupart dans le *Reader's Digest*. Quant aux blagues les plus coquines – pas question d'être trop paillarde avec les personnes âgées –, elle les avait puisées dans les nombreux spectacles estivaux auxquels elle avait assisté, au fil des années, sur diverses jetées de stations balnéaires.

Certes, elles avaient connu de petits différends, mais c'était à prévoir, en huit mois. Il avait d'abord fallu décider de la distribution, et c'est là qu'une certaine tension était née entre Mrs Thompson et Mrs Wavell : elles se voyaient toutes deux dans le rôle principal. Mrs Wavell l'emportait sur Mrs Thompson en ceci qu'elle avait une petite carcasse maigrichonne, et dix bonnes années de moins. Mais on ne pouvait nier qu'elle était affligée d'un léger strabisme. Comme elle l'avait confié plus tard à sa meilleure amie Mrs Baxter, Mrs Thompson n'avait jamais imaginé Cendrillon bigleuse. Mais elle était trop bien élevée pour soulever ce point lors de l'assemblée générale, et Mrs Wavell avait été élue. Mrs Thompson avait tout fait pour se montrer bonne perdante. Apparemment ravie à l'idée d'incarner la bonne fée et non pas Cendrillon, elle avait payé à toute la troupe ce soir-là une tournée de sherrys au George pour bien prouver qu'elle ne nourrissait aucune amertume. La seule chose qu'elle n'aurait pas supportée aurait été d'être désignée d'emblée pour jouer une des sœurs laiderons. Mais elle y avait échappé, car il y avait deux candidates évidentes pour ces rôles : Mrs Fields, qui n'était pas bien belle mais très marrante, et Mrs Ryman, qui se savait la femme la plus moche d'Ealing et prétendait ne pas s'en soucier.

Les deux représentations au club s'étaient bien déroulées, surtout la dernière, ce soir, où les comédiens avaient oublié leur trac et commencé à vraiment s'amuser. Mrs Thompson continuait à penser, en son for intérieur, que Cendrillon aurait pu en jeter davantage : elle avait écrit pour le personnage de délicieuses répliques, à l'époque où elle croyait encore hériter du rôle. Mrs Wavell avait une voix idiote et minaudière qui ne portait guère plus loin que les premières rangées de la salle paroissiale, et lorsqu'elle souriait au prince, Mrs Thompson l'aurait juré, son œil louchon semblait s'arrimer plus fermement à l'arête de son nez. N'empêche, l'important, comme l'avait fait remarquer Mrs Baxter autour des petits gâteaux aux raisins secs, c'était d'avoir donné de la joie au public. Le pasteur lui-même avait prononcé un discours de remerciement, et quand les lumières s'étaient rallumées, quelques personnes âgées avaient les larmes aux yeux. Leur plaisir procurait à Mrs Thompson une sensation agréable. Elle avait toujours eu pour devise « Traite les autres comme tu aimerais qu'ils te traitent », et ayant joui elle-même d'un splendide Noël et d'un splendide nouvel an, elle trouvait gratifiant de constater que les efforts de ces huit derniers mois n'avaient pas été vains. Elle était contente d'avoir pu apporter une parcelle de bonheur à des êtres moins privilégiés qu'elle.

Mrs Thompson ouvrit sa porte d'entrée – la peinture prune était horriblement écaillée, mais elle ne se décidait pas à la repeindre – et pénétra dans le petit vestibule mal chauffé. Elle fut accueillie par une forte odeur de pommes de terre, de choux, d'oignons et de carottes : le ragoût de légumes qu'elle avait laissé dans le four, en prévision de sa fringale. Mais de retour chez elle, et l'excitation retombée, elle n'avait pas une faim si pressante, en fin de compte.

À en juger par le silence dans la maison, son locataire, qui habitait à l'étage depuis la mort de Bill, était sorti. Quand il était là, il écoutait sa chaîne hi-fi presque en permanence, trop fort, surtout des trucs pop, rien qui lui plaise tellement. Il lui arrivait de rouspéter un peu, et Jo, qui était par ailleurs un parfait pensionnaire, baissait sa musique de plusieurs décibels l'espace de quelques jours, puis la remontait progressivement jusqu'à son volume habituel. Mais il arrivait que Mrs Thompson apprécie ce vacarme. Ce soir, par exemple, elle l'aurait préféré au silence.

Elle se rendit dans sa chambre et commença à batailler, dans son dos, avec le harnais de ses ailes en carton. Lorsqu'elle les eut enlevées, elle les posa sur le grand lit et les contempla non sans fierté. Une véritable œuvre d'art : trop belles pour être jetées. Il fallait leur trouver une place quelque part.

Une des petites économies de Mrs Thompson, comme coller ensemble les vieux bouts de savon ou réutiliser les enveloppes, consistait à ne pas avoir de chauffage central dans la chambre. Ainsi, tandis qu'elle admirait les ailes, bras croisés, était-elle parcourue de frissons. C'était une femme corpulente, quoique non dénuée de grâce. Des cuisses dodues mais de jolies chevilles ; des bras charnus mais des poignets délicats ; des hanches étroites mais un ventre imposant surmonté d'une poitrine généreuse. La mince soie bleue de sa robe de bal adhérait à son corps, dénotant que par le passé elle avait dû posséder une belle silhouette athlétique. Son cou était encore jeune, et même si la peau de son visage commençait à s'affaisser, elle recouvrait une superbe ossature. Elle avait des yeux joliment écartés englués de fard bleu et d'épais faux cils, une bouche fine et large sur laquelle elle avait redessiné des lèvres rouges un rien trop renflées. Son amie Mrs Baxter le lui répétait souvent : elle était extraordinaire pour ses cinquante ans. Mrs Baxter soutenait même que les reflets poivre et sel de ses cheveux bouclés pouvaient passer pour entièrement naturels.

À présent, seule dans sa chambre alors qu'il était encore tôt, Mrs Thompson se demandait quoi faire. Elle pouvait bien sûr aller au George, comme d'habitude, mais curieusement, cette perspective ne l'emballait pas vraiment ce soir-là. De manière étrange, elle avait envie de porter la robe de soie bleue encore quelques heures. Ce n'était qu'une vieille chose défraîchie, de la soie de parachute récupérée de la guerre assemblée en deux temps, trois mouvements, mais lorsqu'elle s'était habillée en fin d'après-midi, et maquillée avec un soin tout particulier, Mrs Thompson avait éprouvé une euphorie comme elle n'en avait pas connu depuis longtemps. La situation lui rappelait sans doute l'existence fastueuse qui était la sienne trente ans auparavant, époque dont, en réalité, elle n'avait parlé à personne, pas plus à Bill qu'à Mrs Baxter, mais qui, dans son genre, ne manquait pas d'attraits. En ce temps-là elle avait un joli petit appartement à Soho. Deux chambres, une pour sa domestique chinoise, une pour elle, et une pièce de réception, qu'elle réservait exclusivement aux amis. Sa chambre à coucher était tapissée d'un papier peint floqué bordeaux, et son lit était garni de draps de satin vert pomme, envoyés par un admirateur anonyme dont elle soupçonnait l'identité. Elle avait une petite pièce totalement dévolue aux vêtements : de splendides renards, des velours moelleux et chatoyants, des robes de satin et de crêpe, sans oublier une paire de chaussures pour chaque tenue. En ce temps-là, dans les hautes sphères de sa profession, il n'était pas question de s'abaisser à s'emmitoufler et à sortir arpenter les rues : elle se contentait d'attendre que le téléphone sonne, se carrait dans son fauteuil, l'allure sophistiquée, sur quoi le client arrivait. Elle avait ses chouchous, qui étaient gentils avec elle. Certains lui apportaient des chocolats ou des fleurs. En cape d'opéra et gants de chevreau blancs, ils apparaissaient, nimbés du luxueux parfum de leur compagne, en lui affirmant qu'ils n'avaient rêvé que d'elle toute la soirée. Elle leur offrait un minuscule verre de Cointreau, et ils badinaient alors ensemble ou discutaient très sérieusement, pour certains, ou bien écoutaient un disque, avant de passer aux choses sérieuses. Mrs Thompson tenait toute sa culture de ses clients. Auprès d'eux elle glanait des notions d'opéra, de théâtre ou de politique, et emmagasinait toutes ces connaissances dans sa tête. Des années plus tard, il lui arrivait de surprendre Bill par une information confidentielle au sujet, par exemple, de Mr Chamberlain, et son mari s'exclamait :

« Où diable as-tu appris ça ? », et elle répondait toujours :

« Je sais me tenir au courant, mon cher. » Il n'avait jamais deviné.

Un de ses clients, qui n'était pas vraiment un gentleman, mais avait fait fortune dans la chaussure, l'emmenait parfois au théâtre : elle croyait dur comme fer qu'il fallait joindre l'utile à l'agréable. Lors de ces sorties-là, Mrs Thompson en était convaincue, personne ne l'aurait prise pour autre chose qu'une dame bien née. Elle s'habillait avec un goût impeccable : les mèches blondes dans ses jolis cheveux étaient aussi pâles que des rayons de lune, et si son cavalier, en arrivant, osait lui offrir ce symbole érotique qu'était une orchidée, elle trouvait toujours une excuse élégante pour éviter de l'épingler sur son manteau ou sa robe.

En quatre années de métier, Rita avait gagné beaucoup d'argent. Même à cette époque-là elle économisait sur de petites choses – de la viande seulement une fois par semaine pour la femme de chambre chinoise, un seul gin citron par jour pour elle –, et elle thésaurisait scrupuleusement en vue de cet avenir nébuleux où elle aurait « passé l'âge ». Mais bien avant cette échéance, une année, après un printemps particulièrement éreintant, elle s'était offert une dizaine de jours de vacances à

Monte-Carlo. Là, le premier soir, elle avait rencontré Bill Thompson au bar de son modeste hôtel. Il était là pour affaires, quelque chose à voir avec les chemins de fer français. Un grand costaud jovial, avec une légère claudication et une voix tonitruante, qui avait une quinzaine d'années de plus qu'elle.

Ils étaient tombés amoureux en l'espace de cinq minutes. Rita, bien décidée à ne pas travailler en vacances, s'était comportée avec une pudeur virginale. Cette réserve avait non seulement attisé la passion de Bill, mais engendré une honnête demande en mariage au bout de quarante-huit heures.

Rita avait accepté, écourté ses vacances, et regagné l'Angleterre à fond de train. Là, elle s'était dépêchée de vendre son appartement et ses somptueux vêtements, et avait congédié sa femme de chambre. Tout aussi rapidement, elle avait loué un petit meublé sinistre dans Bayswater Road et s'était acheté des jupes et des chandails aussi sobres que confortables. En rentrant à Londres, Bill l'avait trouvée gaiement installée dans ce qu'il imaginait être son logis depuis des années, et dont il avait résolu de la libérer le plus tôt possible. Les seuls souvenirs matériels que Rita avait conservés de son passé étaient quelques babioles – cendriers en argent et figurines en porcelaine –, offertes par certains de ses clients lors de grandes occasions. Elle avait rangé ces bibelots dans une vitrine éclairée en prétendant qu'elle les avait hérités de sa famille. Bill, de son côté, avait plaisir à penser que sa femme venait d'une famille à même de lui léguer d'aussi charmants objets.

Ils avaient emménagé dans l'appartement d'Ealing – aujourd'hui celui du pensionnaire –, puis acheté la totalité de la maison en pleine propriété dix ans plus tard. Rita n'avait jamais réussi à avoir d'enfants. Ils s'étaient résolus à en adopter, mais la guerre avait éclaté, et lorsqu'elle s'était achevée ils avaient abandonné cette idée. Aux dires répétés de Mrs Baxter, ils n'en formaient pas moins – véritable rareté en ces temps de versatilité conjugale – un couple idéal, et ils étaient restés unis jusqu'au bout, c'est-à-dire en 1965, quand Bill était mort d'un cancer du poumon.

Si traumatisants que soient les événements, Rita n'était pas du genre à se laisser abattre, et depuis, selon son expression, elle s'était ressaisie. Elle avait commencé à donner des coups de main au club des seniors peu après la mort de Bill, et rendait régulièrement visite aux membres contraints de rester chez eux, les réconfortant par son rire joyeux et ses papotages. Elle avait pris par ailleurs des cours de dactylographie et travaillait de temps en temps pour un général en retraite de Knights-bridge, qui, affligé d'une vue défaillante, laissait passer la plupart de ses fautes de frappe. En dehors de cela, elle tricotait des pulls extrêmement compliqués, dont elle revendait certains exemplaires à une boutique vieillotte près d'Oxford Street. Et puis il y avait ses relations et bien sûr son excellente amie, Mrs Baxter. Un mardi sur deux elles allaient chez l'une ou chez l'autre, prenaient un *high tea* prolongé, puis un verre au George, et sortaient parfois au théâtre voir une comédie musicale ou au cinéma voir un film. Malgré cette existence bien remplie dont jamais, au grand jamais, Mrs Thompson n'aurait laissé transparaître qu'elle n'était pas constamment trépidante, il restait cependant beaucoup de vides à combler dans la journée, et quelquefois les soirées étaient longues. Dans ces cas-là, ses tourments familiers revenaient hanter son esprit. Elle s'efforçait de les refouler, mais c'était peine perdue.

Alors qu'elle enfilait un de ses tricots maison aux couleurs vives par-dessus sa robe miroitante en soie de parachute, certains de ces doutes ressurgirent en elle si agressivement qu'elle se plaqua la main sur la bouche en gémissant tout haut. Aurait-elle dû, oui ou non, tout avouer à Bill ? Avait-elle eu raison de le laisser partir au tombeau comme cela, trompé mais heureux ? Ou bien aurait-elle dû gâcher ses illusions, et sans doute, par là, détruire leur mariage ? Toutes ces questions, qu'elle s'était posées un million de fois ces trente dernières années, elle ne pourrait jamais y répondre, et ne pourrait jamais les soumettre à quiconque : elle ne pouvait que s'interroger elle-même. Il était trop tard, de toute manière, pour y faire quoi que ce soit. Bill ne saurait jamais. Le soulagement était impossible.

Avec un soupir d'agacement, Rita se dirigea vers la cuisine. Elle marchait toujours avec une certaine élégance : de petits pas, son postérieur se balançant légèrement. « Sexy, commentait parfois Bill, le samedi soir. J'aurais intérêt à pas trop m'éloigner. »

La cuisine était un petit cocon de chaleur : fanée et fatiguée, mais douillette. Elle accueillait un fauteuil, une perruche, et la télévision sur le buffet. Rita y passait désormais le plus clair de son temps. Elle ne pourrait jamais aimer le salon, avec son canapé et ses deux fauteuils, ses photos de mariage et son seau à charbon en cuivre. Elle ne l'utilisait que pour recevoir, et cela n'arrivait plus très souvent.

Se penchant vers le four, elle en sortit le ragoût de légumes : bien qu'un peu roussi sur les bords, il faisait des bulles et sentait bon. Elle dressa son couvert sur la table – cuillère, fourchette et set tricoté –, car, seule ou non, elle refusait le laisser-aller. Subitement, sur un coup de tête, elle rejoignit un des placards pour y prendre une demi-bouteille de whisky. D'ordinaire, elle ne buvait jamais chez elle, mais ce soir elle en avait besoin.

Elle avala la moitié du verre et se sentit tout de suite ragaillardie, immédiatement retapée. Son appétit perdu revint, et elle attaqua le ragoût avec voracité.

Pendant un moment, le silence de la pièce fut uniquement interrompu par les doux bruits de succion de sa bouche aspirant la sauce. Mais bientôt il se mit à pleuvoir : elle entendait le tintement glacial des gouttes contre la vitre, et le triste miaulement du chat de son locataire, qui cherchait à rentrer.

Oh, Ethelberta, songea-t-elle. Il faut que je lui ouvre. Ce fichu Jo ne devrait pas avoir d'animal. Elle ne le pensait pas réellement : Jo adorait son chat et était aux petits soins pour lui. Mais ces mots rageurs crépitaient malgré tout dans sa tête, aussi bruyants que la pluie.

Elle gagna la porte de derrière et l'ouvrit. Le chat s'engouffra dans la maison avec une bourrasque de pluie, son pelage noir feutré et terni par l'humidité.

« Allez, file, Ethelberta ! Qu'est-ce que tu fabriquais dehors ? » La chatte n'eut pas besoin d'encouragements pour disparaître. Elle détala sur le lino, franchit la porte suivante et monta l'escalier.

À nouveau seule, Rita se remit à table et termina le ragoût, consciente qu'elle s'empiffrait et que ce n'était pas comme ça qu'elle risquait de maigrir. Elle repoussa ensuite son assiette vide. Elle finit le whisky et contempla l'abat-jour au-dessus d'elle. Un joli vichy, très petite fille modèle. Elle l'avait confectionné des années plus tôt, et aujourd'hui il était brûlé d'un côté, décoloré et avachi. Elle comptait en fabriquer un nouveau depuis une éternité. Soudain, alors qu'elle le fixait du regard, des larmes se mirent à ruisseler sur ses joues. Reniflant puissamment, elle se tamponna les yeux avec sa serviette en papier, qui se retrouva souillée de traînées bleues et noires.

« Allons bon, qu'est-ce qui te prend ? se tança-t-elle tout haut. En voilà des façons, espèce de vieille cruche ! » Sur quoi, à demi honteuse, elle alla allumer le poste de télé.

C'était cet homme... comment s'appelait-il, déjà ? Geoffrey Wysdom. Elle reconnut sa voix avant que son image apparaisse. Aucun doute, il lui remonterait le moral. Il s'adressait toujours à des gens bien plus mal lotis qu'elle, et le regarder ce soir saurait la consoler. Elle renifla, et attendit.

S'afficha à l'écran le gros plan d'une jeune femme au visage pâle et maigre, avec des yeux ronds de couleur sombre. Elle avait une voix calme mais ferme, et, au lieu de regarder Geoffrey Wysdom, semblait observer quelque chose au loin.

« Je serai dans une grande prairie, des boutons d'or jusqu'à la poitrine, disait-elle. Ce sera l'été. Au loin j'apercevrai ce magnifique jeune gardien de troupeau, très bronzé et très mince, en train de guider ses vaches. Il les abandonnera pour venir me rejoindre. Nous ne parlerons ni l'un ni l'autre et, nonchalant, d'un geste lascif, il fouettera les boutons d'or avec son bâton... » Un sourire dansa sur les lèvres de la jeune femme, fendant le cœur de Mrs Thompson. Fascinée, elle appuya sa tête sur ses mains et regarda le reste de l'émission sans renifler une seule fois. À la fin, elle pleura à nouveau, mais cette fois avec allégresse.

Elle avait eu une inspiration subite. Cela se produisait parfois, à point nommé, comme en cet instant. Elle était là, pauvre vieille sotte, à s'apitoyer sur son sort, alors qu'elle jouissait d'une existence plutôt agréable. Comment osait-elle se lamenter en cette soirée, quand là-bas dans le Surrey il y avait cette tragique jeune femme, encore vierge à trente et un ans, qui avait non seulement besoin d'aide, mais aussi d'amis et d'amants. Le dénuement n'était pas l'apanage des vieux. Alors voilà, elle, Rita Thompson, femme d'expérience, allait tendre la main à la malheureuse pucelle qu'était Virginia Fly. C'était une chance pour toutes les deux.

Toute grisée, tant par son nouveau projet que par le whisky, Mrs Thompson sortit son papier à lettres. Elle allait devoir réfléchir soigneusement. La rédaction de cette missive ne serait pas facile. Écrire un texte pour une pièce de théâtre était un jeu d'enfant en comparaison. Elle prit son stylo.

Chère Miss Virginia Fly, commença-t-elle.

Mrs Fly saisit le prétexte de l'émission pour inviter une ribambelle de voisins. Elle commença à préparer ce raout plusieurs jours à l'avance, et se retrouva avec une pléthore d'assiettes de petits biscuits surmontés de minuscules garnitures colorées. Elle avait réussi à persuader son mari d'acheter des quantités de vin rouge bon marché, qu'elle avait chauffé et épicé, afin d'en offrir aux amis qui avaient osé braver le froid nocturne.

Virginia était contre l'idée de cette réception. Si cela n'avait tenu qu'à elle, elle n'aurait même pas regardé l'émission. Avec le recul, l'épisode lui était odieux, et elle regrettait de s'être prêtée à une telle mascarade. Mais une fois l'erreur commise, il fallait en affronter les conséquences. Elle avait accepté d'assister à la soirée, car quand elle avait dit qu'elle préférait sortir, sa mère avait eu l'air si blessée, si indignée et meurtrie qu'endurer ce supplice lui avait paru plus supportable que les jours de calvaire auxquels, sinon, elle aurait eu droit.

« Pour l'amour du ciel, Ginny, s'écria Mrs Fly avec irritation, nous serons les stars de la soirée. C'est notre grand soir. Ce n'est pas tous les jours que quelqu'un d'Acacia Avenue passe à la télévision. »

Et les gens d'Acacia Avenue, en effet, traitèrent Virginia comme une star. Quelques-uns apportèrent leurs carnets d'autographes. Un homme marié d'âge moyen, qui jusque-là ne lui avait jamais accordé le moindre regard, lui administra un grand coup de coude dans les côtes en lui affirmant que c'était la rançon de la gloire. Quand le vin chaud arriva ils burent tous à sa santé et à son futur succès dans le poste, comme ils appelaient le téléviseur. Virginia détesta chaque seconde de ces réjouissances. Elle commença également à se dire que sa mère n'avait averti personne du thème de l'émission. Elle se risqua à poser la question. Le teint de Mrs Fly, déjà avivé par les circonstances, prit une couleur rose saumon encore plus foncée.

« Eh bien, je les ai prévenus que c'était une émission *sérieuse*, ma chérie. Pas un de ces stupides jeux télévisés.

— Mais est-ce que tu leur as indiqué le sujet ?

— Oh, je ne sais plus. Les gens et leurs problèmes, je crois que j'ai dit. Ils connaissent tous Geoffrey Wysdom, évidemment. Ils savent quel genre d'émissions il fait.

— Mais cette émission-là ne parle pas des problèmes des gens. Elle parle de l'idée que les gens se font du mariage et la façon qu'ils ont de s'y préparer.

— Eh bien, je ne pense pas avoir dit ça, exactement. J'ai dit que ça avait trait au fait de ne pas se marier de bonne heure, je crois. Enfin bon, ne m'embête pas, ma chérie. Tu vois bien que je suis très occupée. Fais passer les tortillons apéritif, tu veux ? »

Virginia se détourna, écœurée. Elle siffla deux verres de vin à toute vitesse pour émousser ses sensations et constata, soulagée, que le comique de la situation commençait à lui plaire. Les voisins s'imaginaient qu'ils étaient là pour une soirée festive. Ils étaient tout sourire, l'interrogeant : Avait-elle le trac ? Quel effet cela faisait-il d'être célèbre ? Ils se figuraient qu'elle allait répondre à des questions sur son statut de célibataire, ou quelque chose comme ça. Très intéressant… Virginia se demanda quelle tête ils feraient dans une heure, et quels commentaires appropriés ils pourraient alors inventer.

L'émission débuta. Une fille qui venait de subir un avortement clandestin était interviewée, suivie d'une autre dont le fiancé avait réussi à tenir bon jusqu'à quelques semaines avant le mariage, pour finalement la violer puis la quitter. Elle avait pleuré durant toute l'interview.

« Une émission très *sérieuse*, Ruth, observa une des voisines, qui aurait préféré regarder Tom Jones.

— Très sérieuse, concéda Mrs Fly, mais très édifiante. »

Virginia apparut à l'écran. Mrs Fly laissa échapper un petit gémissement d'extase et de fierté maternelle.

« On la reconnaît vraiment bien, dit-elle. Pas vrai, Ted ? »

Mr Fly répliqua par un grognement. Le reste de l'assistance demeura sidéré.

Virginia regarda l'interview jusqu'au stade où Geoffrey Wysdom lui demandait ce que cela faisait d'être encore vierge à l'époque actuelle. Elle observa le petit sourire calculé qu'elle avait eu avant de répondre, puis se leva pour quitter la pièce.

« Où vas-tu ? demanda Mrs Fly d'un ton sifflant, tenant absolument à ce que personne ne rate le passage où elle-même allait apparaître à l'écran.

— Je sors.

— Mais tu ne peux pas ! Pas à une heure pareille. Et puis en plus, maintenant, les gens vont te reconnaître. »

Ignorant sa remarque, Virginia referma la porte sur le grand spectacle télévisé, sachant que sa mère ne la poursuivrait pas à un moment aussi crucial. Elle mit son manteau et entreprit de remonter la rue déserte. Il faisait très froid dans Acacia Avenue ; il gelait presque. Mais, pour Virginia, tout ce qui importait, c'était de marcher jusqu'à ce que l'émission soit terminée, que les voisins aient fini de jaser sur sa virginité et soient enfin rentrés chez eux.

Elle ne savait plus si elle avait eu raison ou non, si elle s'était couverte de ridicule ou transformée en héroïne. La seule chose dont elle était sûre, c'était que son sourire avait été attendrissant, et qu'il y avait de fortes chances que ce sourire ait captivé quelqu'un, quelque part.

Autrement, tant pis, ce n'était pas grave. Charlie serait là dans quelques jours. Seulement quelques jours, et sa vie entière allait changer.

Le professeur Hans Meiselheim occupait le rez-de-chaussée d'une maison georgienne de Hampstead. Cela faisait vingt ans qu'il vivait là, et comme le loyer n'avait augmenté que de façon dérisoire et que la propriétaire, qui habitait au-dessus, était une femme particulièrement agréable et coulante, il n'envisageait aucunement de s'en aller un jour.

L'appartement consistait en une petite chambre à coucher, une salle de bains et une cuisine, ainsi qu'un vaste salon haut de plafond dont les immenses fenêtres s'ouvraient sur le parc. C'était une pièce confortable assez encombrée : du papier peint Regency rayé dans deux tons de rouge, des rideaux grenat un peu passés dont les bordures ternies avaient la couleur du vin rosé ; plusieurs canapés et fauteuils défoncés, des livres et des disques entassés dans tous les sens, un feu de bois, et, perdue au milieu d'une collection de cactus sur la cheminée, la photographie d'une femme blonde et d'une jeune enfant se promenant dans un paysage alpin. Il s'agissait de Christabel, sa femme, et de Gretta, sa fille, tuées ensemble dans un accident d'avion vingt ans auparavant.

Le soir de l'émission télévisée de Virginia, le professeur, comme d'habitude, était installé à son bureau et préparait une conférence qu'il devait donner le lendemain. Le plateau de la table était un véritable fatras de papiers accumulés au fil des années, tandis que son carnet proprement dit se trouvait tout juste éclairé par la faible ampoule que protégeait un vieil abat-jour en épais parchemin. Le professeur était courbé sur ses notes, conscient du raclement de son stylo, du martèlement sourd de la pluie contre la vitre, et du crachotement intermittent du feu.

Il arriva enfin au bout de sa besogne et poussa un soupir sonore. Écartant son fauteuil de son bureau, il se leva, s'étira, se gratta sous chaque bras, puis alla tendre les mains devant le feu. Ses articulations aux jointures blêmes craquaient dès qu'il pliait les doigts.

Il était maintenant l'heure de son whisky-soda coutumier. Eût-il respecté le déroulement normal de ses soirées, il se serait rendu dans la petite cuisine, se serait découpé une grosse tranche de viande froide, reste du gigot dominical, aurait sorti une pomme de terre du four, ajouté à son assiette des pickles et un morceau de fromage, et dégusté son dîner devant la cheminée. Mais ce soir il se sentait inexplicablement agité. Ni l'agneau froid ni le cheddar ne lui faisaient envie. Ce qu'il lui fallait, pensait-il, c'était un cigare et du Tchaïkovski. Il mit un disque, alluma un cigare, se servit un whisky sec, et regagna la cheminée.

Là, il comprit qu'il avait fait une bêtise. Tchaïkovski plus un alcool fort, quand il se trouvait face à la photo de Christabel, pouvait provoquer chez lui des pensées mélancoliques. Il avait souvent envisagé de jeter cette photo. En fait, il était souvent allé jusqu'à la jeter, sans la déchirer, avant de la récupérer le lendemain dans la corbeille à papier. Il avait brûlé tous ses autres souvenirs des années plus tôt – toutes les lettres de Christabel de son écriture d'écolière, sa boucle de cheveux blond pâle, ses journaux intimes, son herbier, toutes les partitions qu'il lui avait corrigées durant les années où il avait été son professeur. Mais la photo avait survécu à vingt ans d'indécision, et il savait que désormais il ne réussirait jamais à s'en séparer, si stupide que cela puisse être de la conserver ainsi.

Il l'avait prise six mois seulement avant la mort de Christabel et de Gretta. C'était un dimanche après-midi, dans les montagnes près de Salzbourg. Christabel avait la figure toute rouge après une matinée de soleil et d'exercice, et Gretta n'arrêtait pas d'interrompre leur marche pour dévaler le coteau dans les longues herbes vert émeraude, si bien que Hans était obligé de lui courir après puis de remonter avec sa fille sur les épaules. Ils avaient fait un pique-nique composé de salami, de fromage de chèvre et de vin, et attrapé le bus pour rentrer en ville à la nuit tombante. À cette époque, ils étaient bien trop pauvres pour posséder une voiture.

Six mois plus tard, Hans, qui vivotait depuis cinq ans grâce aux maigres revenus que lui procuraient ses leçons de piano et la vente occasionnelle de ses compositions, apprit qu'il avait gagné à Londres un concours pour l'écriture d'une suite orchestrale. Il était invité à diriger sur place une représentation publique de son œuvre. Avec ses gains, il avait acheté des billets pour sa femme et sa fille, afin qu'elles puissent être avec lui le grand soir. Elles avaient pris l'avion. Christabel avait partagé son triomphe. Des musiciens renommés avaient félicité l'auteur, et complimenté sa femme pour sa beauté. Les critiques, unanimes, avaient déclaré qu'on tenait en lui un immense talent en puissance. Dès lors, on lui avait proposé divers emplois en Angleterre qui, tous autant qu'ils étaient, lui semblaient préférables à sa médiocre existence à Salzbourg. Il devait rester quelques jours supplémentaires à Londres pour s'organiser, mais n'avait pas les moyens de garder Christabel et Gretta à ses côtés. Il les avait emmenées à l'aéroport, où le trio avait été photographié en train de se dire au revoir. Un jeune couple d'une rare beauté, d'après les journalistes... L'avion s'était écrasé pendant le trajet de retour. Aucun survivant.

Hans refusa toutes les offres de travail, mais demeura à Londres. Il ne retourna jamais à Salzbourg, et n'écrivit plus de musique.

À présent ses doigts s'agitaient sur sa cuisse, jouant les notes du concerto pour piano qui résonnait dans la pièce. Il fredonnait en même temps, légèrement faux.

C'est parfaitement ridicule, se dit-il. Les mots tonnaient dans sa tête aussi fort que la musique… Ridicule. Je vais demander à Mrs Beveridge de se joindre à moi pour un verre. Cela m'évitera de broyer du noir.

À la pensée d'un verre avec sa logeuse dans la petite cuisine vieillotte de cette dernière, avec son robinet qui gouttait et son caniche qui ronflait, les plis s'effacèrent sur le front du professeur. Il lui prépara un whisky aussi corsé que le sien.

Mrs Beveridge, assise à sa table de cuisine, remplissait ses bons de réduction. Il flottait dans l'air une odeur de curry.

« Oh, bonjour, professeur. Comment va la vie ? » Elle lui sourit gentiment et tendit le bras pour attraper le verre. « À la vôtre ! Vous avez vu de bons concerts, ces temps-ci ? » Elle lui avait posé exactement la même question pas plus tard que la veille au matin, quand ils s'étaient croisés à la porte d'entrée, chacun ramassant son journal. Mais elle avait la manie de toujours entamer de cette façon les conversations avec lui. C'était l'unique sujet qui le stimulait. Ça et l'Autriche, mais, en l'occurrence, elle aurait été bien en peine de trouver une question à lui poser sur son pays.

« Non. Pas depuis un mois. Ou même deux, maintenant. » Pas depuis que Virginia et lui étaient allés écouter cette épouvantable pianiste qui avait massacré Mozart.

« Enfin, je suppose que ce n'est pas la meilleure période. »

Le professeur s'assit en face de Mrs Beveridge à la table de la cuisine.

« C'est drôle, reprit-elle. Je m'apprêtais justement à passer à côté regarder l'émission de Geoffrey Wysdom. Vous voulez vous joindre à moi ?

— Ce serait un plaisir. » Bien des fois il était monté chez Mrs Beveridge regarder un concert télévisé, et elle était restée tranquillement assise auprès de lui, à le ravitailler en tasses de thé. Ce serait la moindre des politesses et des gentillesses de regarder avec elle le genre d'émission qu'elle appréciait.

« Dès que nous aurons fini ce whisky je pourrai brancher la bouilloire. »

Elle commença à s'affairer et emporta le petit réchaud électrique dans son inconfortable salon, avec son canapé au dossier raide et ses relents de vieux tissu moisi. Assis côte à côte dans le noir, ils regardèrent la télévision. Le professeur se sentait un peu barbouillé. Il entendait le marmonnement des interviews, mais sans en saisir le contenu. Ses paupières s'abaissaient tout doucement sur ses yeux.

Soudain Virginia apparut à l'écran. Était-ce bien Virginia ? Il n'esquissa pas un geste, se bornant à guetter sa voix. Oui, c'était bien elle. Virginia Fly. L'homme à la voix chuchotante la présenta. Virginia Fly, dit-il, et alors elle sourit, un petit sourire touchant et perdu. Un élancement transperça la poitrine du professeur.

« Mon Dieu ! s'exclama-t-il, portant brusquement sa main à sa tête.

— Qu'y a-t-il, mon cher ? » Mrs Beveridge se tourna dans le noir pour voir son visage. Éclairés seulement par l'image à l'écran, ses traits semblaient convulsés de douleur.

« C'est une amie à moi. Une amie à moi.

— Ah bon ? Comme c'est intéressant... Je suppose qu'ils sont tombés sur elle en sortant dans la rue avec une caméra.

— Non, ce n'est pas du tout ça », répliqua-t-il sèchement. Pour la première fois en vingt ans, Mrs Beveridge l'horripilait.

Tous deux écoutèrent l'interview en silence. Puis le professeur, demandant à sa logeuse de l'excuser, se dépêcha de quitter la pièce.

Il regagna à la hâte son propre appartement, alluma une seule pauvre lampe de faible puissance, et s'assit au piano. Il joua quelques notes, puis ses mains glissèrent sur ses genoux.

« Mon enfant, dit-il tout haut. Mon enfant, qu'as-tu fait ? »

Il se leva et se rendit à sa table de travail. Il se sentait un peu chancelant. Le whisky devait être plus fort que d'habitude. Il avait sorti, hésitant, une feuille de papier à lettres et un stylo. Bientôt, la solution s'imposa. Il croyait aux vertus curatives de l'action. Il prit son stylo et se concentra pour que sa main ne tremble pas.

Ma chère Virginia, écrivit-il, *Ce soir je vous ai écoutée à la télévision, et je vous ai vue sourire…*

Chapitre 4

CHARLES WHITMORE OAKHAMPTON JR arriva à l'aéroport de Londres un vendredi. C'était un affreux après-
midi de février, gris, avec un âpre vent oblique qui lui
cingla les oreilles tandis qu'il descendait l'escalier menant
au tarmac. Il songea simplement : Mince alors, quel
accueil. Peut-être aurait-il mieux fait d'attendre le printemps, après tout. Mais il reportait ce voyage depuis tant
d'années... Il était content d'avoir enfin pris le taureau
par les cornes, et comme le lui avait dit son père, si tu
arrives à aimer l'Angleterre en février, tu l'aimeras à n'importe quelle saison.

Virginia lui avait écrit qu'elle ne pourrait pas aller le
chercher à cause de ses cours. Elle viendrait le rejoindre
plus tard dans la soirée. Ils étaient censés dîner ensemble,
pas loin de l'hôtel, et aller ensuite au cabaret. Elle avait
réservé une chambre pour elle dans l'hôtel de Charles et
passerait le week-end à Londres pour lui faire visiter la
ville.

Dans le bus qui l'emmenait vers le centre, Charlie
sortit de son portefeuille une petite liste crasseuse sur
laquelle il avait fait des gribouillages et des corrections
pour s'occuper dans l'avion. *Stratford*, disait la liste.
*Windsor, Tour de Londres, British Museum, Zoo, Madame
Tussauds, Restaurant Tiberio, match de foot (Chelsea),
Canterbury, Vera Lynch.* S'il avait l'intention d'aller à

Canterbury, c'était parce que sa grand-mère maternelle venait de là-bas, un endroit appelé New Street. Neuf enfants élevés dans une maison de trois pièces, avait dit sa mère. Il le croirait quand il le verrait. Après New Street, s'il avait le temps, il irait jeter un coup d'œil à la cathédrale. Vera Lynch était le nom d'une vendeuse dans un magasin de porcelaine de Regent Street avec qui il correspondait, pour parler porcelaine, depuis cinq mois, après avoir vu une publicité dans le *New Yorker*.

Charlie était fatigué. Mais pas au point de ne pas savourer son premier aperçu de Piccadilly Circus, sinistre sous la bruine, grouillant de véhicules luisants d'humidité et de mille parapluies. Mince alors, se dit-il à nouveau.

À son hôtel, alors qu'il patientait au comptoir de la réception, il empocha une pile de brochures « Voyager en Angleterre » et « Bienvenue en Grande-Bretagne ». Une fois sa fiche remplie, il monta dans sa chambre, ouvrit sa valise antichoc – sa mère lui avait appris qu'après un voyage les vêtements, comme les humains, avaient besoin de prendre l'air –, s'allongea sans enlever le dessus-de-lit lustré, et s'endormit.

Quand il se réveilla, trois heures plus tard, il avait un mauvais goût dans la bouche et la tête lourde. Dehors, il entendait le ronron de la circulation. Il réclama un whisky-Coca. Le breuvage fit son apparition vingt-cinq minutes plus tard, sans glace. Il renonça à se plaindre et le but tiède. Peu à peu, il se sentit mieux.

Il déballa ses affaires, prit une douche, se changea. Il appliqua de la gomina sur ses cheveux, repoussa ses cuticules avec un bâtonnet, et se tapota les joues avec un after-shave appelé *Beast*, qu'il commandait sur catalogue dans le Kentucky. Puis, s'asseyant dans l'unique fauteuil, il lut ses brochures touristiques, et attendit.

À huit heures précises, la sonnette retentit. Charlie compta jusqu'à trois, à voix haute, puis traversa lentement la chambre en direction de la porte. Il l'ouvrit.

Devant lui se tenait une petite jeune femme pâle et maigre aux cheveux cuivrés tirés en arrière et aux immenses yeux embués. Elle demeurait blottie dans le col en fourrure de son manteau comme si le couloir moquetté de bleu était un désert infini, et qu'elle s'y trouvait seule et abandonnée, sans espoir de jamais revoir la moindre habitation humaine.

« Virginia Fly ! s'écria-t-il en roulant le r.

— Charlie Oakhampton ! » Un étroit sourire élargit les coins de sa bouche, suscitant un jeu d'ombre et de lumière sur ses joues et ses yeux. Charlie se surprit à reculer à l'intérieur de la chambre. Virginia le suivit, cherchant la poignée à tâtons derrière elle pour refermer la porte.

« Ça alors, Virginia Fly, après toutes ces années… » Quelque part non loin du lit, il lui pressa les épaules et sentit son squelette.

« Je sais. C'est incroyable, n'est-ce pas ? » Elle leva le regard vers lui. « Tu ressembles beaucoup à ta photo. Je veux dire, je t'aurais reconnu.

— C'est vrai ? Euh… » Silence. « Eh ben dis donc, qui l'eût cru ! » Ils se regardèrent à nouveau. « Il faut fêter ça. Si on prenait un verre ? T'aimes le champagne ? On n'a qu'à descendre au bar. On a tout le temps avant le cabaret. On pourra y aller en taxi.

— On pourra y aller à pied, en fait, dit Virginia. Ce n'est qu'à quelques mètres.

— Alors on ira à pied. On ira à pied. Tu peux me croire, après le voyage, ça me fera du bien de me dégourdir les jambes.

— Tu es sûr que tu n'es pas trop fatigué ? fit Virginia, vaguement hésitante.

— Dieu du ciel, non, Virginia. Dieu du ciel, non. Je pète la forme, je t'assure. Après toutes ces années, me voilà enfin à Londres. »

Dans l'ascenseur il sentit que Virginia était un peu nerveuse, pas vraiment détendue, malgré les douze années de correspondance entre eux. Un ou deux verres résoudraient le problème, se dit-il. Un ou deux verres.

Au bar, Virginia ôta son manteau pour dévoiler une robe marron unie taillée dans une espèce de jersey : ras du cou, elle était rehaussée, sur l'épaule, d'une petite broche en nacre. Charlie contemplait Virginia, subjugué. Il voyait le cœur de la jeune femme qui battait sous l'étoffe. Il s'empressa de commander du champagne. Quand la boisson arriva, il leva son verre pour trinquer.

« À la fin de nos rapports par courrier, et au début d'une relation plus tangible ! » Un frisson parcourut l'échine de Virginia. Charlie lui sourit, amical. Elle remarqua que ses dents du bas présentaient une fine bordure noire, comme si chacune était placée dans un cadre individuel. Étrange. Les dentistes américains étaient pourtant réputés les meilleurs du monde, non ?

Ils grignotèrent des cacahuètes salées. Charlie continuait à sourire.

« Ah ça, Virginia Fly, y a une chose que je dois dire : tu es la plus formidable petite correspondante qui soit. La plus formidable. J'ai jamais reçu des lettres pareilles. Je les attendais avec impatience, tu sais. Pendant douze ans, j'ai attendu tes lettres avec impatience. C'est pas rien, quand même ! »

Virginia ne pouvait pas, en toute honnêteté, lui retourner le compliment. Charlie n'était pas un épistolier très imaginatif, mais il ne lui tardait pas moins de recevoir ses lettres. Elle le lui dit.

« Ah, c'est vraiment gentil à toi, Virginia. » Il posa une de ses gigantesques mains sur son poignet et déclara d'une voix très basse : « Dis donc, ç'aurait été atroce, non, si on avait été déçus l'un par l'autre ? Si on s'était trouvés réciproquement moches et ennuyeux ? » Il était si près d'elle qu'elle perçut un fort parfum de dentifrice dans son haleine et des effluves de *Beast* émanant de son cou de taureau. Elle frémit à nouveau : une sensation familière. C'était celle qu'elle éprouvait dans ses rêves à l'approche de l'homme à la moustache noire. Elle resta pourtant muette. Charlie poursuivit.

« Tu sais, je crois qu'il n'y a quasiment rien de toi que je ne sache pas... à part, bien sûr, la texture de ta peau, l'effet que ça fait de te caresser... » Il partit d'un gros rire mugissant. D'autres buveurs à proximité levèrent la tête. Virginia rougit, renversa du champagne et s'aida de son autre main pour stabiliser son verre, forçant Charlie à lui lâcher le poignet. « Allons, voyons. Ne me dis pas que je t'ai contrariée ! Ce n'était qu'une plaisanterie. » Virginia eut un faible sourire et il reprit : « Non, mais tu comprends ce que je veux dire. Je pourrais entrer dans n'importe quelle pièce chez toi, j'aurais l'impression d'y être déjà venu cent fois, avec tes descriptions. Je sais à quoi ressemble ton bout de jardin au printemps, en été, en automne et en hiver. Je sais tout de ta salle de classe : il y fait froid le matin, c'est bien ce que tu m'as dit ? Je reconnaîtrais le professeur entre mille... tu es tellement douée pour les descriptions. Je ferais n'importe quoi pour avoir ce don-là.

— J'ai une existence très monotone, en réalité, protesta Virginia. Il ne m'arrive jamais rien. Je me dis toujours que ça doit donner des lettres monotones, alors je les pimente peut-être un peu, histoire de faire paraître mon quotidien plus intéressant qu'il n'est. »

Ils continuèrent à commenter leurs lettres sur ce ton languissant. Après trois verres de champagne, tout tournait légèrement devant les yeux de Virginia, mais ce n'était pas désagréable. Elle constata qu'elle pouvait parler à Charlie sans réfléchir, et l'écouter de la même façon, sans réfléchir. Derrière le roulement des mots, de petits tableaux, comme un son et lumière miniature, se formaient dans son esprit : Charlie à la table du petit déjeuner d'ici quelques années, le visage plus ridé, mais les bras toujours musclés sous son T-shirt ; Charlie en chaussures de sport, bondissant sur ses pieds pour renvoyer la balle à l'un de leurs fils ; Charlie, cadre supérieur, venant la chercher au supermarché en Cadillac... Tous les clichés rassurants d'une vie de banlieue à l'américaine. Une telle existence lui plairait. Elle ferait une bonne épouse pour Charlie. Elle n'avait jamais imaginé autre chose. Aucune autre possibilité ne s'était jamais présentée.

Ils marchèrent jusqu'au restaurant. Il bruinait encore et il faisait froid. Virginia prit le bras de Charlie et il lui prit la main. Il aspirait de grandes goulées d'air, qu'il expulsait très bruyamment, propulsant des nuages de fumée dans la pluie multicolore.

« L'air est pollué », s'excusa Virginia. Ce soir, Piccadilly Circus avait un aspect totalement inconnu.

En trente ans, elle n'était jamais allée dans un restaurant un tant soit peu comparable à celui dans lequel ils entraient à présent. Une mosaïque de lumières tamisées, de gorges étincelantes et d'édifices de boucles laquées. Ils étaient à l'évidence le couple le plus jeune, et Virginia se fit la réflexion que par rapport à la moyenne de cette clientèle flamboyante, elle devait paraître affreusement terne. Le faible éclairage la rasséréna : peut-être que personne ne s'en rendrait compte.

Ils s'assirent à une table minuscule en bordure d'une galerie surplombant d'autres dîneurs et une scène au pourtour compliqué. La table était si petite que Virginia fut obligée de poser son sac par terre et que ses genoux, sous le plateau, touchaient ceux de Charlie.

« Voilà ce qui s'appelle être proches, souligna-t-il. Super. »

Il réclama pour lui un grand Martini – Virginia refusa un quatrième verre – et commanda le dîner. Tandis qu'elle hésitait entre le filet de bœuf et les scampi, elle se dit qu'elle n'avait pas été très amusante jusqu'ici. Elle sentit germer en elle les premiers signes de panique. La soirée n'était pas finie, loin de là, et elle n'avait pas encore fourni le moindre effort de séduction. Elle devait se secouer.

« Il faudra que tu viennes à la maison un de ces jours, lança-t-elle, d'une voix si pétulante qu'elle se surprit elle-même. Mes parents rêvent de te connaître depuis des années. Ma mère trouve ta photo vraiment... pas mal du tout. » Elle sourit timidement.

« C'est gentil de sa part. Je serais ravi de venir. Voilà ce qu'on va faire. Ce week-end, je me disais qu'on pourrait le réserver aux visites, la Tour de Londres et tout ça. De lundi à vendredi la semaine prochaine, j'ai une petite affaire à régler... il faut que j'aille à Manchester, je crois que c'est Manchester, puis je serai de retour ici le samedi. Peut-être que je pourrais venir chez toi à ce moment-là, et aller de chez toi à l'aéroport dimanche prochain ?

— Dimanche ?

— Ouais, pourquoi ?

— Je pensais... je pensais que tu restais, eh bien, presque indéfiniment.

— Oh non, poupée. C'est impossible, voyons. J'ai trop à faire. »

Virginia se mordit la lèvre. Elle essaya de se rappeler à quel moment elle s'était méprise. Elle était certaine qu'il avait dit qu'il resterait plusieurs semaines, sans date de retour bien arrêtée... Comment, s'il repartait dans une semaine, pourraient-ils faire tous les préparatifs ? Mais il avait sûrement un plan d'action.

« J'imagine. Tu dois être très occupé.

— On se développe, tu comprends. On n'arrête pas. Je suis de plus en plus souvent obligé de m'absenter. De prendre des contacts d'un bout du pays à l'autre.

— Tu dois manquer à ta mère. » Elle se souvenait que, dans ses lettres, il parlait beaucoup de sa mère. Il lui était particulièrement attaché et elle lui manquait terriblement quand ils étaient séparés. Charlie hocha la tête sans répondre. Un rien désespérée, Virginia tenta de se remémorer les autres sujets abordés par Charlie dans ses lettres. Phénomène étrange, elle semblait avoir tout oublié.

« Et le base-ball… tu continues à jouer tous les week-ends ?

— Pas autant qu'avant. Mais oui, je joue presque tous les samedis après-midi. Ouais. » Il en était à son troisième grand Martini.

Le dîner arriva, de petites portions d'une nourriture assez insipide servie à la hâte et sans élégance. Ils les avalèrent dans un silence quasi total, puis le spectacle commença, tapageur, avec plein de danseuses pailletées, auxquelles succéda un comique malingre au smoking scintillant. Charlie ne sourit pas parce qu'il ne comprenait pas les blagues. Virginia ne sourit pas parce qu'elle avait mal à la tête.

Quand Charlie invita Virginia à danser, elle le suivit sur la piste en se demandant pourquoi le glamour, ce glamour fabuleux qui l'avait tant frappée quand ils étaient entrés, s'était évanoui. Ici en bas sur la piste, les autres clientes, malgré leurs cheveux postiches, leurs faux cils, leurs sourires et leurs bijoux, paraissaient vieilles et miteuses, et les hommes étaient uniformément laids. Ils n'avaient même pas des visages avenants. Un court instant, elle se sentit fière de Charlie.

Il dansait plutôt bien, mais il avait les mains moites. Il enfouissait sa bouche dans ses cheveux et plaquait son bas-ventre contre son abdomen. Elle sentit quelque chose dans sa gorge se mettre à palpiter. Elle avait du mal à déglutir et elle oublia son mal de tête.

« T'es vraiment super, poupée », chuchota-t-il en l'agrippant plus fort au moment où l'orchestre attaquait une version funèbre de « Blue Moon ».

De retour à l'hôtel, comme la chambre de Virginia était au dernier étage, Charlie suggéra qu'il serait plus pratique de faire escale au premier, dans sa chambre à lui, pour boire quelque chose. Virginia accepta. Elle avait bien besoin d'un café.

La chambre, éclairée seulement par la lampe de chevet, paraissait un peu moins tarte que tout à l'heure. La faible lumière atténuait légèrement le tape-à-l'œil des rideaux en satinette et des armoires en imitation bois. Il faisait une chaleur étouffante.

Virginia enleva son manteau et s'assit dans l'unique fauteuil. Charlie, lui aussi, retira sa veste et ses chaussures et se hissa sur le lit élevé, dont le drap du dessus avait été rabattu. Joignant les mains maladroitement, comme un homme qui n'aurait pas l'habitude de prier, il contempla Virginia.

« Bon, poupée, la nuit ne fait que commencer. »

Virginia sourit. Elle se demandait combien de temps elle allait devoir rester avant qu'il ne comprenne qu'elle désirait être séduite, comment et quand il aborderait la question de leur avenir.

Le garçon d'étage arriva avec du café et du bourbon. Charlie lui donna un pourboire mais sans le remercier. Virginia supposa qu'il était préoccupé.

Elle prit sa tasse et regagna le fauteuil. Charlie demeura sur le lit.

« Raconte-moi ta vie, dit-il.

— Tu sais tout de ma vie.

— Je ne sais que ce que tu m'as écrit. Ça ne peut pas s'arrêter là. Il doit y avoir plein de choses que tu as gardées pour toi.

— Non, je ne crois pas. C'est juste, comme je t'ai dit, que je mène une vie très tranquille. » Charlie la regarda avec un sourire interrogateur, les lèvres mouillées de whisky.

« Tu n'as jamais parlé de tes amants.

— Mes amants ? » Virginia s'esclaffa. « Je n'ai jamais eu d'amants. Si tu étais arrivé une semaine plus tôt tu aurais pu me voir dans une émission de télé expliquer ce que ça fait d'être vierge à trente et un ans.

— C'est vrai ? Sans blague ?

— Sans blague. »

Charlie se tut quelques instants. Puis : « Tu sais quoi ? Je pense que je te crois.

— Eh bien, c'est la vérité.

— Autant que je me souvienne, je n'ai jamais eu affaire à une vierge, encore moins de trente et un ans. C'est vraiment quelque chose. » Son ton était admiratif.

« Aujourd'hui, reprit Virginia, les gens considèrent les vierges comme des pièces de musée. Nous sommes des êtres humains parfaitement ordinaires, tu sais, mais les occasions ne se trouvent pas sous le sabot d'un cheval. Dans les banlieues respectables, elles ne sont pas aussi nombreuses que le prétendent les magazines féminins.

— Tu m'as l'air pleine de défi.

— Non, pas vraiment. J'ai l'habitude d'être regardée comme une bête curieuse. »

Charlie desserra sa cravate et déboutonna le col de sa chemise.

« Hé, que dirais-tu d'un doigt de bourbon ?

— Je n'y ai jamais goûté. Je ne suis pas sûre d'aimer.

— Tu n'as qu'à essayer. » Il remplit le deuxième verre sans quitter le lit. « C'est du bon. Allez, vas-y. »

Virginia se rapprocha. Il lui tendit le verre. Elle but une gorgée en faisant la grimace. Charlie pouffa.

« Essaie encore. Il faut un peu de persévérance. » Très persévérant, lui-même avait déjà avalé presque la moitié de la bouteille.

Alors qu'elle buvait une deuxième gorgée, il lui posa la main sur les fesses et les lui palpa. Pétrifiée, le verre contre les lèvres, elle rougit brusquement et, incapable de bouger, elle sentit la main de Charlie se faufiler sous sa jupe et lui griffer la cuisse.

« Je n'aime pas ça, dit-elle enfin.

— Tu parles du bourbon ? » À nouveau Charlie pouffa, sans grande énergie, et son nez se fronça pour laisser voir une large bande de gencive brunâtre. Virginia reposa son verre sur le plateau. Charlie l'imita avant de lui saisir les deux poignets.

« Dis donc, ma belle, trente et un ans, ça fait long. »

Virginia mourait de chaud, ses vêtements la serraient et elle avait la gorge étranglée. Elle savait maintenant qu'il était temps de partir.

« Oui, ça fait long, s'entendit-elle répondre, mais, comme j'ai dit, l'occasion ne s'est jamais réellement présentée…

— Bon sang, et moi je suis quoi, sinon l'occasion idéale ? » Charlie avait haussé la voix et des bulles se formaient aux commissures de ses lèvres. Virginia n'eut pas le temps de protester qu'il l'attirait à lui, lui prenait la tête à deux mains et l'embrassait goulûment.

« Oh, non, Charlie. S'il te plaît. » Virginia tenta de se dégager. Elle avait vaguement envie de se laisser faire, mais il était trop brutal, trop expéditif. « Il faut que j'aille me coucher.

— Un peu qu'il faut, Virginia Fly ! Un peu qu'il faut. » Il l'écarta soudain mais lui attrapa à nouveau les poignets. Ses cheveux coupés court étaient hérissés. Virginia les aurait volontiers aplatis. « Nom de Dieu, quelle nana… » Il s'exprimait avec plus de douceur. Lui lâchant un poignet, il promena sa main de son épaule jusqu'à son sein, pour finir par lui agripper la taille. « Allez, poupée. Plus la peine d'attendre. Je prendrai bien soin de toi. »

Virginia sentit des larmes lui piquer les yeux. Sans rien dire, elle se déroba à l'étreinte de Charlie. Il ne la retint pas.

« Tu veux vraiment partir ? »

Une sorte de roulette comme au casino, mais portant les mots « Oui » et « Non », se mit à tourner dans la tête de Virginia. Sur lequel des deux allait-elle s'arrêter ?

« Non, dit-elle.

— Évidemment que non. » La voix de Charlie était un peu pâteuse, et son ton suffisant. Il affichait un sourire entendu. Ses cheveux étaient toujours dans le même état. « Mettons-nous au lit, alors. »

Il se dépouilla de sa chemise à toute vitesse, défit sa braguette et jeta son pantalon par terre. Puis il se rallongea sur le lit en slip moulant aéré et chaussettes gris-bleu en angora. Toujours immobile, Virginia examinait le corps de Charlie. Il était musclé, pâle, massif. Ses bourrelets retombaient sur l'élastique de son slip. Ses jambes étaient couvertes de poils blond-roux.

« Allez, viens. Je vais t'aider », dit-il. Virginia le rejoignit comme en transe, lui tourna le dos et le laissa descendre la fermeture Éclair de sa robe. La robe tomba au sol, elle déplaça ses pieds mais garda le dos tourné. Elle sentit les mains de Charlie qui couraient sur ses omoplates pour aller dégrafer son soutien-gorge.

« Non ! s'écria-t-elle, le souffle coupé. Je vais le faire. »

Mais il l'avait devancée et faisait déjà glisser les bretelles sur ses épaules. « Oh, Charlie ! » Elle se sentait grotesque.

« Retourne-toi, poupée. Tu vas pas me tourner le dos toute la nuit. » Sa voix semblait légèrement impatiente.

Les mains sur la poitrine, Virginia obtempéra avec lenteur.

« Voilà, c'est bien. »

Virginia ferma les yeux. *Mon Dieu, faites qu'il enlève ses chaussettes,* supplia-t-elle. Les yeux toujours fermés, elle ôta son collant et sa culotte. Elle entendit le rire de Charlie.

« Qu'est-ce qu'il y a ?

— Tu fais comme les enfants : tu fermes les yeux et tu t'imagines que les autres ne peuvent pas te voir. Je te vois, tu sais. Et tu as un petit corps magnifique. »

Virginia ouvrit les yeux. Charlie se léchait les lèvres et reniflait. Des soubresauts agitaient son slip. Il la dévorait du regard. Elle recula à nouveau.

« Bon, allez, on s'y met. » Il se leva, la dominant de toute sa hauteur, et enleva son slip sans cesser de la scruter. Elle sentit le sang lui monter au visage. Jamais de sa vie elle n'avait étouffé de chaleur comme ça.

Charlie tendit les mains vers elle. À contrecœur, Virginia découvrit de nouveau sa poitrine pour lui donner les siennes. Elle laissa errer ses yeux sur le visage de Charlie, ses épaules, son torse. Mais pas question d'aller plus bas. Elle regarda à nouveau son visage.

« Allons. Faudra bien que tu la regardes à un moment ou à un autre. » Il semblait narquois, sa promesse de douceur oubliée.

Soudain elle arracha ses mains des siennes et courut vers le fauteuil où elle se recroquevilla, les bras autour de ses jambes repliées. Elle ne s'était toujours pas résignée à regarder au-dessous du nombril de Charlie.

« Allons, voyons, poupée, arrête ce petit jeu. Je suis trop vieux pour courser les filles dans les chambres. »

Virginia se força à lui jeter un coup d'œil. Il se tenait dans le carré de lumière de la lampe : jambes écartées, mains sur les hanches, cheveux toujours ridiculement décoiffés, sourire sarcastique, ventre proéminent, énorme érection violacée prête à lui voler à jamais sa virginité, sans oublier les chaussettes en angora bleues.

« Qu'est-ce qu'il y a ? » Il pencha la tête d'un côté, plissa le nez et émit un rot sonore. « Oh, pardon.

— Rien, en fait. C'est juste que tu es tellement énorme. » Virginia baissa les yeux.

« Ah ça oui, je suis énorme. Qu'est-ce que tu croyais ? Je suis grand. Tout est proportionné. »

Il se dirigea vers elle, lentement. Elle remarqua qu'une de ses chaussettes était un peu descendue, révélant un anneau de peau blanche et lisse à l'endroit où les poils s'arrêtaient. Il se planta devant elle, jambes à nouveau écartées, tout son attirail sexuel dangereusement proche de son visage, sa bite colossale pendillant tel un mobile maladroit. Virginia se jucha en toute hâte sur le fauteuil : elle n'avait pas la place de se mettre debout devant le siège sans que Charlie la touche.

« S'il te plaît, chuchota-t-elle. Juste une chose. Est-ce que tu pourrais enlever tes chaussettes ? »

Charlie parut surpris.

« Bien sûr, poupée, à ton service. » Sans se déplacer, il souleva un genou après l'autre. Il retira ses chaussettes et les laissa tomber par terre. Elles gisaient là, tas informe d'un bleu crémeux sur l'affreuse moquette à carreaux. « C'est pas la seule chose que je vais faire, d'ailleurs. »

Il se rendit d'un pas résolu dans la salle de bains, laissant le champ libre à Virginia. Elle se dépêcha de rejoindre le lit et se glissa sous les draps, qu'elle serra autour de son cou. Quand Charlie revint, il avait à la main une bombe de mousse à raser.

« J'ai pas la crème qu'il faut pour ce genre d'opération, mais au cas où, cette chose pourra s'avérer utile. »

Il ne semblait pas peu fier de cette marque de prévenance. Posant la mousse à raser sur la table de chevet, il se frappa la poitrine d'une main avec un grand claquement avant de se mettre au lit.

« T'es une super nana, Virginia. » Virginia sentit les muscles de son corps se crisper, et elle frissonna. « Allons, n'aie pas peur. On va y aller calmos. Aussi calmos que je pourrai. »

Il se tourna vers elle avec un regard pas vraiment calmos, et sous les draps une de ses immenses mains molles entreprit de lui caresser les côtes. Il semblait respirer par la bouche : son souffle sortait par chaudes bouffées aux puissants relents d'oignon, d'olive, de gin et de whisky. En gros plan, son menton était troué de petits cratères et il n'y avait pas de véritable démarcation entre ses

84

sourcils. La régularité de ses traits, qui de loin le rendait presque beau, n'existait plus. Virginia s'efforça de repenser à la version plus maigre et plus harmonieuse de son visage sur la photo qu'elle connaissait si bien.

Alors que la main de Charlie commençait à remonter vers son sein, elle demanda : « Il ne t'est jamais venu à l'idée de tomber amoureux de moi ? »

La main s'interrompit dans son ascension.

« Enfin, voyons, Virginia, il est un peu tôt pour parler d'amour, non ? On vient de se rencontrer.

— Mais toutes ces années, par nos lettres... On se connaît par cœur, non ? » Son insistance frôlait le désespoir, et Virginia en avait conscience.

« C'est sûr, par nos lettres, on se connaît sans doute mieux que bien des gens mariés depuis cinquante ans. » Sa voix avait un ton sèchement approbateur, qui ne laissait guère présager un aveu de coup de foudre. Du reste, sa main s'impatientait, tirant sur le drap que Virginia tenait ramassé sous son cou. La déception lui nouait le ventre, ajoutant à son état de tension, mais elle lâcha le drap, que Charlie s'empressa de descendre sur son buste.

Il regarda attentivement ses seins.

« J'en ai vu de plus gros, déclara-t-il enfin, mais pas de plus jolis. »

Il abaissa la tête tout doucement vers l'un d'eux, avant de s'abattre subitement dessus, comme pour l'empêcher de lui échapper. Sa tête lui écrasait la poitrine, mais Virginia ne broncha pas. Tandis qu'elle contemplait ce crâne aux cheveux courts et drus, elle repensa à la crinière rousse qu'elle avait pu observer de tout aussi près dans le cimetière gallois. Si jamais il lui incombait un jour de donner des cours d'éducation sexuelle, elle devait se souvenir d'avertir les enfants. Une des choses qu'on n'imaginait pas concernant le corps humain, c'était l'étrange répugnance que sa vue en plan rapproché pouvait inspirer : les grottes sombres et poilues des narines, le gouffre monstrueux du nombril, la texture gluante des poils sous les bras, la chassie laiteuse au coin des yeux, les trois poils solitaires d'un gros orteil, l'aspect de vieux tricot du scrotum… L'observation en gros plan du spécimen d'humanité le plus parfait est source de grandes désillusions. Quant aux spécimens les moins parfaits, seul un amour immense ou un appétit sexuel débridé saura les protéger du ridicule.

Charlie lui mâchonnait le bout du sein. C'était douloureux. Elle remua.

« C'est ça, grogna-t-il. Réagis, poupée. »

Timidement, Virginia lui posa une main sur la nuque. Ce geste ne faisant qu'inciter Charlie à mâchonner plus fort, elle déplaça ses doigts vers son épaule. Là elle tomba sur un grain de beauté hérissé de poils durs. Tressaillant de dégoût, elle regagna la zone moins périlleuse du haut de son bras, avec un sentiment de culpabilité.

Charlie en avait fini avec la phase numéro un : Virginia le vit presque qui cochait mentalement cette étape. Il se détacha de son sein, la dévisagea un moment – lui laissant le loisir d'examiner les pores béants de sa peau, et l'entrelacs de vaisseaux éclatés dans ses yeux –, puis s'abattit à nouveau sur elle. Cette fois ce fut pour l'embrasser sur la bouche. Elle se rappela avoir remarqué, quand il avait souri, un morceau de terrine de poisson coincé entre ses dents, et frémit d'horreur à l'idée que sa propre langue puisse servir d'outil pour le déloger. Non sans répulsion, elle ouvrit la bouche et laissa la langue de Charlie tâtonner, malhabile, dans la cavité. Elle eut l'impression que l'organe remplissait tout l'intérieur de sa tête. Elle allait suffoquer s'il n'arrêtait pas très vite, se dit-elle. Une façon ignominieuse de mourir. Saisie de vertige, elle se demandait comment sa mère expliquerait une telle mort à ses voisins quand Charlie, obéissant à quelque curieux timing personnel, cessa de l'embrasser.

Il se rallongea sur le côté, hors d'haleine. De la sueur coulait sur les ailes de son nez.

« Bon sang, poupée, on peut dire que t'es fougueuse. »

Aspirant avec délectation l'air qui circulait à nouveau dans ses narines, Virginia se dit que si elle était impétueuse, alors la femme moyenne devait être carrément nymphomane. Elle avait par ailleurs la sensation bizarre que quelque chose n'allait pas : il n'était pas normal que la scène se passe comme ça. Elle aurait dû être profondément troublée, éperdue d'amour et de désir. Or elle analysait les faits on ne peut plus lucidement, évaluant leur déroulement avec le même soin qu'elle notait les devoirs de ses élèves. Mais peut-être l'extase survenait-elle plus tard. Au moment de l'orgasme, comme on l'appelait dans les livres qu'elle avait lus.

Charlie était maintenant assis au bord du lit, les pieds sur le sol. La bombe de crème à raser dans une main, il visa tant bien que mal ses parties, mais la mousse gicla également sur son ventre et ses cuisses. Il essuya le surplus d'un doigt minutieux, le déposant sur le dos de son autre main. Il semblait très tatillon dans ses préparatifs.

« Toutes les précautions », marmonna-t-il, comme pour lui-même.

Il orienta son torse vers elle et sourit. Il avait nettement plus de poils sur le côté gauche de sa poitrine que sur le droit. Ils étaient d'un blond-roux plus foncé que sur ses jambes, mais plus pâle que celui de ses cheveux. Virginia leva la main pour les toucher, soudain curieuse de ce qu'elle ressentirait.

Charlie réagit illico à son geste. D'un seul mouvement il se hissa sur elle, lui écarta les cuisses d'une main de fer, et, à la hussarde, tenta de s'introduire en elle. La douleur fut immédiate.

« Arrête ! S'il te plaît ! s'écria Virginia.

— Détends-toi, poupée.

— S'il te plaît...

— J'ai dit détends-toi. Ça rentre sans problème.

— Non. Tu me fais mal. » La crème à raser suintait le long de ses cuisses sans apaiser en rien l'horrible déchirure dans son ventre.

« La ferme, Virginia Fly. On se débrouille très bien.

— S'il te plaît, Charlie, geignit-elle avant de pousser une longue plainte.

— Écoute, qui a de l'expérience dans le domaine ? Toi ou moi ? Je te dis qu'on se débrouille très bien. Détends-toi, c'est tout. » Il s'exprimait sur le même ton qu'avec le garçon d'étage. Puis il se mit à haleter, et se pencha une nouvelle fois vers la bouche de Virginia. Terrifiée à l'idée qu'il recommence à l'embrasser, elle détourna la tête. Trop excité à présent pour lutter, Charlie plongea les dents dans son cou à nu et broya un de ses seins dans sa main comme on froisserait un Kleenex.

Virginia comprit alors qu'il y avait chez elle quelque chose qui clochait. Elle savait en effet par Caroline qu'à ce stade-là les deux amants, l'un comme l'autre, étaient censés s'enflammer. À ce stade-là, on perdait la tête. On décollait et on planait ensemble.

Aux abois, Virginia attendait que son esprit, son corps, son âme, que l'ensemble de son être s'élève vers les nues. Or elle n'arrivait qu'à observer et à sentir Charlie dans toute sa sauvagerie pataude : lui assenant des coups de boutoir, poussant des grognements, la couvrant de sa sueur et de son haleine rance, il demeurait solitaire dans son envol, pendant qu'elle ne faisait que constater froidement divers désagréments : la cuisante douleur dans son vagin, la grappe de bleus sur son sein, le bourdonnement dans ses oreilles et la migraine dans son crâne. Les motifs d'ombre et de lumière que dessinaient les rideaux de satin, le pli géant qui barrait le lin de la taie d'oreiller, le talon osseux de Charlie qui dépassait de l'édredon... des fragments de ces différentes images lui emplissaient les yeux lorsqu'elle les ouvrait. Lorsqu'elle les fermait, liui apparaissait sa chambre de jeune fille à la maison, avec sa vue morne et paisible par-delà la fenêtre losangée qu'aucun séducteur, dans la réalité, n'avait jamais franchie, et elle haïssait Charlie Oakhampton Jr de ne pas avoir réussi à l'emmener avec lui.

« Oh Seigneur ! fit-elle tout haut.

— Viens ! » hurla Charlie, qui, dans un dernier coup de boutoir, fut parcouru d'un immense frisson, avant de s'immobiliser. Il cessa de malaxer le sein de Virginia, lui souffla son haleine chaude dans l'oreille, et finit par rouler sur le côté. Son corps désormais relâché était bouillant contre elle. Les yeux fermés, il léchait la salive qu'il avait sur les lèvres. Sachant qu'il ne la verrait pas, Virginia promena son regard sur l'ensemble de son anatomie. Il était totalement ramolli à présent. La peau veinée. Une traînée de sang sur une cuisse.

« Hou là là, fit-il, les yeux toujours fermés. Il faut qu'on dorme un peu. Je commence à accuser la fatigue du voyage. »

Il lui tourna le dos, remontant les draps sur lui et ne laissant à Virginia qu'une bande de matelas ridiculement étroite. Elle n'arriverait jamais à dormir. Non qu'elle ait un tant soit peu sommeil.

Bientôt Charlie se mit à ronfler, faiblement. Virginia se glissa hors du lit sans le déranger, s'empara de l'édredon, éteignit la lampe de chevet et retrouva dans le noir le chemin du fauteuil. S'enveloppant dans le duvet, elle s'installa sur le siège du mieux qu'elle put.

Elle y resta pelotonnée un long moment, parfaitement réveillée, à réfléchir. Elle nota avec calme que son fantasme était révolu, que l'amère réalité vous faisait même oublier qu'il ait pu y avoir un jour une certaine douceur dans l'attente. Elle aurait voulu que Charlie ne soit jamais venu en Angleterre. Ils auraient pu continuer à s'écrire pendant encore une dizaine, voire une vingtaine d'années, échanger des promesses de rencontre jamais concrétisées, vivre chacun avec sa vision imaginaire de l'autre, se considérer mutuellement comme une garantie qui n'aurait jamais à être mise à l'épreuve d'un véritable face-à-face. Ainsi, bien que privée de son éventuelle félicité, elle aurait conservé intacte l'image de Charlie : elle l'aurait aimé, d'une certaine façon, pour toujours. Il serait resté son chevalier servant.

Il faisait dans la chambre une chaleur insupportable, une chaleur sèche due au chauffage central. L'air sentait aussi la transpiration et la mauvaise haleine. Elle se rendit à la fenêtre mais celle-ci refusa de s'ouvrir. Elle rejoignit alors la salle de bains, où elle décida de prendre un bain frais. Elle se sentait sale et endolorie.

Elle ne put s'empêcher de se regarder dans la glace : visage livide, plaques comme celles de sa mère sur la poitrine là où Charlie l'avait pétrie de ses doigts brutaux – deux ecchymoses apparaissaient déjà sur son sein… –, marque rouge en forme de noix dans son cou là où les dents de Charlie l'avaient mordue avec passion, du sang, allez comprendre pourquoi, étalé sur son ventre. Qu'avait dit sa mère, déjà ? Ah oui. Qu'on avait vu des filles très ternes se mettre à rayonner, après avoir connu l'amour physique. Elles en avaient de la chance, ces filles ternes, de rayonner. Virginia sourit intérieurement.

Au matin Charlie tâcha d'être gentil, mais c'était un effort pour lui. Il s'excusa d'avoir occupé la quasi-totalité du lit, espéra qu'elle allait bien, et évoqua leur planning. À peine levé, il enfila ses chaussettes bleues et son immonde slip moulant, n'hésitant pas à déambuler devant elle dans cette tenue. Mais Virginia n'en avait plus rien à faire désormais.

Le petit déjeuner leur fut monté dans la chambre. C'était un repas américain traditionnel, et Charlie trouva le moyen de l'engloutir jusqu'à la dernière bouchée. Cette vision donna mal au cœur à Virginia, qui ne voulut rien avaler. Assise en face de lui dans le fauteuil où elle avait passé la nuit, chevilles sagement croisées, elle tripotait le tissu du siège. Charlie semblait ne pas remarquer son manque d'entrain. Étalant sur une gaufre le jaune bilieux d'un œuf, il surmonta celle-ci d'une tranche de bacon et d'une giclée de sirop d'érable, avant de la manger avec ses doigts comme une tartine. Puis, s'efforçant d'arrêter du revers de la main le jaune d'œuf qui lui coulait sur le menton, il alla attraper son manteau au bout du lit – un manteau kaki tout avachi –, en sortit son portefeuille et se rassit. Il ne s'en aperçut pas, mais son pouce laissa une empreinte jaune sur le faux croco. Virginia observait tous ses mouvements à la loupe. Ils ne signifiaient rien pour elle. Son menton taché d'œuf et ses cheveux hirsutes, ses mollets arqués et son cou aux poils naissants n'avaient plus le pouvoir de l'affliger. Elle se demanda un instant s'il allait lui remettre des billets pris dans l'épaisse liasse de dollars qu'il avait brandie la veille au soir.

Mais Charlie extirpa de son portefeuille une photographie, petite et tout abîmée. Il la tendit à Virginia. Elle était en couleur, un Polaroid. Une maison blanche en bois avec une porte d'entrée verte et des rideaux de dentelle aux fenêtres. Sur le carré de pelouse devant la maison étaient assis une femme blonde au visage très étroit et deux garçonnets aux cheveux en brosse, âgés d'environ cinq ans, vêtus de shorts rayés. Virginia étudia la photo sans rien dire.

« Qui est-ce ? demanda-t-elle enfin.

— Ma femme et mes gosses.

— Ta femme et tes gosses ? » Long silence.

« Ouais. Ma femme et mes gosses. Au pays. C'est notre maison, là, tu vois. » Il se pencha et indiqua du doigt la maison sur la photo.

Virginia éprouva intérieurement une sensation plus qu'étrange, comme si on lui comprimait soudain le ventre. Elle sentit ses lèvres tremblotantes s'entrouvrir sur ses dents pour tenter de dessiner un faible sourire.

« Tu ne m'en as jamais parlé.

— Ouais, bon, tu sais bien… Je voulais tout le temps le faire, mais je voyais jamais comment. Et puis, je me disais que ça risquait de gâcher nos rapports, tu vois ce que je veux dire ? » Il remarqua vaguement la mine consternée de Virginia, et haussa les épaules. « Je veux dire, qui voudrait continuer à écrire comme ça à un homme marié ? Ça n'aurait plus été pareil, je me trompe ?

— J'aurais été contente de savoir, finit par répondre Virginia. J'aurais été contente pour toi.

— Mais bon, comme je te connaissais pas, sauf, disons, à travers tes lettres, je pouvais pas deviner, si ? C'était pas gagné d'avance. Alors j'ai pas voulu, disons, courir le risque. Tu comprends ? » Il parut désemparé quelques secondes, mais ne tarda pas à s'illuminer. « Tu sais quoi, Virginia ? J'ai parlé de toi à Mirabelle, et bon sang, la crise de jalousie ! T'aurais dû voir ça. » Il sourit complaisamment à ce souvenir. « Une de ces scènes. La totale. Mais j'ai refusé de céder. "Non, j'ai dit, c'est comme ça, Mirabelle. Ça fait sept ans que j'écris à Virginia Fly et il est pas question que j'arrête aujourd'hui sous prétexte qu'on est mariés. C'est ma correspondante, et je ne veux pas renoncer à elle. Y a rien entre nous, je lui ai dit, pas de quoi casser les vitres. On n'a aucun projet de mariage, Virginia et moi. On est juste bons amis par lettres interposées, c'est tout." » Charlie s'esclaffa. Virginia demeura silencieuse en attendant que son rire s'éteigne.

« Tu veux donc dire que ces cinq dernières années tu m'as menée en bateau… ? »

Charlie, à l'aide d'un bout de toast ramolli, s'appliquait à saucer son assiette.

« Je t'ai pas menée en bateau, poupée, je t'assure. Je t'ai toujours dit la vérité, j'ai simplement omis certains détails. Par exemple, quand je te racontais que je jouais au base-ball le samedi après-midi, j'omettais juste de dire que c'était avec Charlie junior et Denholm.

— Mais tu me parlais de *petites amies*, protesta Virginia, en soulignant l'expression. Des filles que tu rencontrais dans tes déplacements professionnels…

— Bien sûr, poupée. Bien sûr que oui. Tout ça, c'était vrai. Des filles, j'en ai rencontré plein, j'en ai sauté des tas, comme je t'ai dit. Mirabelle et moi, on a, disons, un accord. Allons, ne le prends pas mal, ajouta-t-il en la dévisageant. Ça change rien à nos lettres, si ? »

Virginia se leva. Charlie l'imita. Il lui posa une main sur l'épaule.

« Écoute, poupée, j'avais hâte de te l'avouer. Je me faisais une fête de te voir, après toutes ces années. Parole d'honneur. Maintenant je suis ici, et c'est formidable. Y a quelque chose de très fort entre nous, crois-moi. Je le sens de tout mon être. » En équilibre sur une jambe, il se grattait l'autre avec son pied.

« Il faut que je file, j'en ai peur, déclara Virginia en repoussant la main de Charlie.

— On va où en premier ? À la Tour de Londres ?

— Non. Je rentre chez moi.

— Allons, écoute, poupée…

— Je regrette, Charlie. Je ne veux pas gâcher ton séjour, mais je serais de triste compagnie.

— N'importe quoi, Virginia Fly ! » Il parut avoir une inspiration subite. « Tu es magnifique ! » s'écria-t-il. Virginia le regarda bien en face. Il détourna les yeux.

« Ce n'est pas vrai, Charlie, et tu le sais. Quoi qu'il en soit, la question n'est pas là. Je ne te serais d'aucune utilité compte tenu de ce… de cette nouvelle donne. Et de toute façon, ajouta-t-elle d'une voix faiblissante, j'ai de vieux principes stupides concernant les hommes mariés…

— Très bien. Comme tu voudras. » Il recula. Virginia jugea intéressant qu'il n'essaie même pas de la convaincre.

Eût-il pris cette peine, elle aurait été bien capable de succomber. Son week-end s'achevait prématurément. Ce moment dont elle rêvait depuis douze ans...

« Ravi de t'avoir rencontrée, disait Charlie. Et n'oublie pas, poupée, tu écris des lettres formidables. La vache, quand je dirai à Mirabelle que je t'ai rencontrée, elle va être folle de rage, ça c'est sûr. » Il sourit à cette pensée. Les rages de Mirabelle provoquaient apparemment en lui un plaisir singulier. « En tout cas, si tu changes d'avis, tu sais où me trouver. Et... merci d'être venue. C'était une super soirée, de toute manière. Vraiment super.

— Je regrette, répéta Virginia. Je n'aurais pas été pucelle, je t'aurais peut-être été plus utile. Je me serais montrée... moins intransigeante ce matin. » Elle parvint à sourire.

« Allons, voyons, ne t'inquiète donc pas, Virginia Fly. Je m'en sortirai très bien. Je sais me débrouiller, ne t'en fais pas. » Il ramassa les brochures touristiques et se mit à les feuilleter. « J'arriverai bien à faire quelques rencontres, d'une façon ou d'une autre. »

Virginia se dirigea vers la porte. Charlie s'empressa de la suivre. Il semblait impatient de la voir s'en aller. Pour s'occuper de lui trouver une remplaçante, peut-être ?

À la porte, Virginia lui dit au revoir et merci, ajoutant qu'elle espérait que l'Angleterre lui plairait. Ils se serrèrent la main, puis Charlie recula dans la chambre. La dernière vision que Virginia eut de lui, ce fut sa silhouette se profilant devant les voilages, avec ce slip et ces chaussettes en angora désormais familiers, et tirant sur le lobe d'une de ses longues oreilles. Virginia se dit que ce geste trahissait comme un soulagement. Elle lui enviait son indifférence, et avait besoin de respirer à fond. Mais sa propre chambre, quatre étages plus haut, se révéla aussi étouffante et oppressante que celle de Charlie. Le lit, drap rabattu, était prêt pour la nuit écoulée, et les rideaux fermés. Virginia se demanda quoi faire. Il n'était que neuf heures et demie. Elle était censée téléphoner à sa mère avant onze heures pour dire si Charlie viendrait déjeuner le lendemain. Auquel cas Mrs Fly serait allée à Guildford exprès, pour acheter un superbe rôti. Et elle préparerait son fameux Yorkshire pudding, histoire de prouver à l'Américain que les traditions anglaises tenaient toujours la route.

Virginia n'appela pas sa mère. Elle s'allongea sur le lit et s'endormit sur-le-champ. Elle dormit jusqu'à trois heures de l'après-midi.

À son réveil, elle avait faim et froid et une douleur sourde lui martelait le crâne. Elle descendit au rez-de-chaussée en regardant furtivement autour d'elle par crainte de tomber sur Charlie, et prit un taxi pour la gare de Waterloo. À cette heure, Charlie était probablement à la Tour de Londres, au zoo ou au British Museum. *Très chère Mirabelle, j'ai vu la Tour de Londres hier et deux oursons polaires au zoo (tu raconteras ça à Charlie junior et Denholm) et j'ai rencontré la vieille correspondante dont je t'avais parlé, Virginia Fly. Eh bien, Mirabelle chérie, tu n'as plus à t'inquiéter à son sujet...*

À Waterloo, Virginia découvrit qu'elle avait une demi-heure à attendre avant le prochain train. Il y avait vingt livres dans son sac, qu'elle avait gardées pour le week-end. Elle se rendit à la pharmacie et en dépensa cinq pour des bricoles qu'elle n'avait jamais achetées de sa vie : parfums, huiles de bain, crèmes pour les mains, talc et savon de luxe. Elle éprouvait un plaisir non négligeable à tenir le mince sac en papier qui renfermait tous ces articles ; elle savait que ce soir, seule dans la salle de bains, elle dorloterait son corps et se bichonnerait. C'était une perspective dérisoire, mais au moins était-elle inédite.

L'après-midi était doux. À l'arrivée, Virginia prit le bus pour rentrer, et ainsi perchée, se plut à contempler le faible soleil du Surrey derrière les arbres dénudés, les vaches hivernales toutes crottées, les voitures qui avançaient sur les différentes voies à une vitesse que même son père aurait jugée inférieure à la moyenne.

Le bus s'arrêta en haut d'Acacia Avenue. Virginia remonta lentement la rue paisible, avec ses maisons uniformes et ses jardins respectables. Par les fenêtres, elle apercevait les reflets dansants de postes de télé, des gens regroupés autour d'un match de foot, des gens qui ne savaient rien de son expérience de la nuit précédente, rien de la séduction dont avait été victime à Piccadilly une de leurs plus discrètes voisines.

Dès qu'elle inséra sa clé dans la porte, Virginia entendit les pas anxieux de sa mère. Mrs Fly était toute rouge, ses yeux à la fois inquiets et soulagés.

« Ginny ! Que diable ?… je ne savais pas quoi faire pour la viande. Je croyais que tu allais m'appeler. »

Mr Fly apparut derrière sa femme.

« Tu vas bien, Ginny ? demanda-t-il en voyant son visage.

— Oui, merci. C'est juste que le programme a changé.

— J'ai dit à ton père, j'ai dit : "Qu'est-ce que je vais faire pour la viande ?" Je te l'ai bien dit, Ted ?

— Je suis désolée, dit Virginia. J'espère que vous ne l'avez pas achetée exprès.

— Eh bien, si, en fait. Mieux vaut prévenir que guérir, j'ai pensé. »

Virginia s'engagea dans le vestibule. Ses parents la laissèrent passer.

« Tu as l'air bien bouleversée, fit Mrs Fly, remarquant soudain l'état de sa fille. Quelque chose ne va pas ? Qu'est-il arrivé à Charlie ?

— J'ai peur que Charlie ne soit pas tout à fait l'homme qu'on se figurait. Il est marié. »

Mrs Fly laissa échapper un jappement indigné. Mr Fly soupira : « Ça alors. » Puis tous deux se ressaisirent et l'assaillirent de prévenances. Ils lui apportèrent du thé avec du gâteau au chocolat, allumèrent la télé et s'arrêtèrent sur un film qu'elle aimait. Ils ne posèrent pas de questions. Et pour une fois, Virginia, épuisée, s'abandonna au chaud et rassurant cocon qu'ils tissaient autour d'elle. Elle avait besoin d'être chouchoutée.

Tard ce soir-là, elle brûla l'énorme pile des lettres de Charlie, ainsi que sa photo, dans la chaudière. Et durant plusieurs jours elle continua à porter un foulard, jusqu'à ce que la marque des dents de Charlie s'efface dans son cou, et que les bleus sur le reste de son corps disparaissent.

Chapitre 5

Le lundi suivant, Virginia demanda à sa classe de dessin de peindre une composition intitulée « Une mauvaise journée ». Ce sujet absorba encore plus ses élèves que les couchers de soleil. Louise Holcroft avait la tête penchée très bas sur une œuvre représentant une femme au long visage triste, debout derrière une clôture à rayures bleues et marron. La gamine travaillait avec zèle à sa clôture, mais son pinceau était beaucoup trop sec.

« Plus d'eau », souffla Virginia en passant à côté d'elle. Louise pinça les lèvres. C'était une enfant qui n'aimait pas trop les conseils.

Mary Edgeworth avait peint un grand lampadaire d'appartement bien vilain et s'attaquait maintenant à un pot de géraniums.

« Quel rapport avec une mauvaise journée ? demanda Virginia.

— C'est les deux trucs que je déteste le plus chez nous, répondit Mary. Les mauvais jours, on a l'impression qu'on voit que ça. »

Virginia sourit. Elle aimait bien sa classe. C'était un bon groupe d'élèves très studieuses. Imaginatives, pour la plupart. Curieusement sensibles à ses humeurs. Elle se demandait quel genre d'enseignante elle était pour elles.

Il faisait chaud, pour une fois, dans la salle de classe : un soleil d'hiver entrait par les fenêtres et illuminait les mauvaises journées peintes par les enfants dans des couleurs joyeuses. Virginia se sentait étonnamment comblée. Elle se demandait à quel âge on cessait de peindre les mauvaises journées à l'aide de couleurs vives. Peut-être pas avant l'âge adulte, ou même la cinquantaine.

Elle attendait la récréation avec une impatience particulière. Elle avait dans son sac deux lettres encore cachetées qu'elle se réservait pour ce moment-là. L'une, d'après l'écriture, venait du professeur. L'autre était la lettre qu'elle espérait, la lettre qu'elle était sûre de recevoir. Une graphie un peu irrégulière, une encre bleu vif, oblitérée à Ealing et adressée aux bons soins de la société de production. Quelqu'un avait remarqué son sourire.

La sonnerie retentit, stridente, vibrante. Les enfants se levèrent aussitôt, bavardant et riant, toute leur concentration coupée net par le carillon qui ponctuait leurs journées, et annonçait à présent l'heure du goûter.

« Séchez vos pinceaux et jetez votre eau sale, n'oubliez pas. Je veux que tout soit impeccable. Sarah, tu vas la renverser si tu fais ça. Dépêche-toi, Lucy, veux-tu ? Ça a sonné. »

Virginia lançait ses recommandations habituelles. Les gamines semblaient mettre une éternité à ranger leur matériel. Enfin la salle fut vide. S'emparant de son sac et d'une pile de livres, Virginia remonta le couloir sonore tapissé de lino, avec son odeur de craie et de chaussures de gym, et rejoignit la salle des maîtres.

C'était une pièce claire et spacieuse donnant sur un jardin en longueur complètement piétiné, et des terrains de sport au loin. Aux murs crème étaient accrochés des mappemondes et des emplois du temps, ainsi que quelques poèmes primés et autres tableaux signés d'anciens élèves. Les enseignants, une troupe mal assortie mais sympathique, se tenaient autour d'un chariot d'épaisses tasses vertes de Nescafé, tirant de temps en temps sur leurs cigarettes, laissant la fumée s'élever en volutes dans les airs et tournoyer parmi les rayons du soleil. Quand Virginia entra ils se retournèrent et sourirent, puis levèrent leurs tasses, tenues à deux mains pour réchauffer leurs doigts bleuâtres.

« Notre star ! Comment se passe la vie virginale aujourd'hui ? » Mr Bluett, le prof de gym, lui servit une tasse de café. C'était un homme chaleureux et taquin, à la peau grêlée et aux cheveux touffus, qui approchait de la retraite, même s'il n'aimait pas y penser. Les élèves, pourtant, constateraient bientôt qu'il vieillissait. Même le saut le plus simple lui réclamait de grands efforts. Il avait toujours eu une certaine affection pour Virginia : elle lui prêtait ses livres de Christopher Fry et le jeudi, de concert, tous deux refusaient le riz au lait depuis tellement d'années que le cuistot avait enfin cédé, et ils avaient droit à des assiettes spéciales de crackers et de cheddar racorni. Cette singularité avait tissé un lien entre eux.

Virginia sourit avec bonhomie à Mr Bluett. Depuis l'émission de télé, elle se faisait copieusement mettre en boîte par ses collègues, et sa notoriété soudaine ne lui déplaisait pas.

« Le sourire virginal », commenta Miss Breedy, la professeur de maths. Elle faisait la même remarque tous les jours depuis l'émission, et Virginia avait du mal à réagir avec autant de bienveillance que la première fois. Miss Breedy était elle-même une vierge de cinquante-huit ans, encore que le mot « vierge », sous-entendant de fraîches jeunes filles parées de tuniques toute simples, soit un terme trop léger pour s'appliquer à elle. Grande et bien charpentée, moustachue et frisottée, c'était une vieille fille revendiquée dotée d'une voix étrangement fluette. Elle allait et venait d'un pas lourd en chantant des arias de *La Flûte enchantée* et, le soir, repartait dans son meublé de Croydon chargée de sacs de cahiers à corriger. Un jour, se doutant que Miss Breedy n'était pas très demandée le week-end, Virginia l'avait invitée à venir déjeuner le dimanche. Miss Breedy, d'une habileté méticuleuse quand il s'agissait d'inscrire des chiffres dans de petites cases, s'avérait curieusement maladroite en dehors du champ des mathématiques : elle avait renversé son verre de sherry, sa sauce, son diplomate et son café. Mais elle avait compensé ces bévues en étant la première personne à réussir à faire comprendre à Mrs Fly le système décimal. Virginia l'aimait bien.

Mais aujourd'hui, elle n'avait pas envie de parler à Miss Breedy, à Mr Bluett ni à aucun des autres. Avec son café, elle rejoignit un petit fauteuil moderne aux pieds grêles placé sous la fenêtre. Dehors, tout était prématurément printanier : quelques crocus pointaient en bordure de la pelouse, et des perce-neige jaillissaient par-ci par-là près du terrain de basket. Virginia se réchauffait les mains autour de sa tasse. En buvant, elle pouvait humer sur sa peau le délicat parfum fleuri de la crème hors de prix dont elle les avait frictionnées ce matin-là. C'était son nouveau luxe et elle en profitait. Ses doigts lui paraissaient d'une douceur incroyable et leur odeur était délicieuse. Même Mr Fly l'avait remarqué. Au petit déjeuner, il avait dressé la tête dans les airs et reniflé. C'était quoi, ce parfum ? Une odeur bien au-dessus de la moyenne, avait-il décrété.

Virginia ouvrit son sac et sortit d'abord la lettre du professeur. Elle déchira lentement l'enveloppe, qui contenait une unique feuille de papier qu'elle déplia avec soin. La lettre ne faisait qu'un paragraphe. Avant de le lire, Virginia l'éloigna un peu pour contempler le motif que formait le texte. Il n'était pas déplaisant. Le professeur avait une belle écriture : petite, énergique et élégante. Ses lignes étaient toujours bien droites.

Ma chère Miss Fly, disait la lettre, *Ce soir je vous ai écoutée à la télévision et je vous ai vue sourire. Vous vous êtes merveilleusement débrouillée, compte tenu du sujet, même si je ne com-*

prends vraiment pas ce qui a pu vous pousser à discuter d'une chose pareille. Néanmoins, je n'écris pas seulement pour vous féliciter, mais aussi pour vous demander si, avant de contracter ce qu'on appelle, je crois, un lien éternel avec votre fiancé Charlie, vous daigneriez consacrer une journée à un vieil ami ? Je dois aller la semaine prochaine à Bolton remettre une partition, et donner une conférence devant des étudiants. Accepteriez-vous de venir avec moi ? Ce n'est pas une invitation très excitante, j'en ai peur, mais chaque fois que je vous ai raccompagnée à votre train, de si nombreux soirs, je me suis dit intérieurement, un jour je monterai dans un train avec elle. Si vous acceptiez, ce serait évidemment un plaisir, mais naturellement je comprendrais fort bien si, à cause de Charlie, vous rejetiez d'emblée cette proposition. Impatiemment vôtre, Hans.

Virginia réfléchit à la perspective de cette excursion à Bolton. Elle pouvait facilement prendre un jour de congé. En huit ans, elle n'avait demandé en tout et pour tout qu'un seul après-midi, pour aller chez le dentiste, et un autre rendez-vous de cette nature n'éveillerait aucun soupçon. Mais avait-elle vraiment envie d'aller à Bolton ? À l'exception de cet unique déjeuner tellement gênant en famille, elle n'avait jamais vu le professeur avant six heures du soir. Quelle allure aurait-il en plein jour ? De quoi parleraient-ils, s'ils passaient une journée entière ensemble ? Combien d'heures lui faudrait-il pour lui raconter, au sujet de Charlie, et que dirait-elle ?

Puis Virginia se mit à imaginer les agréments de l'escapade. Le petit déjeuner dans le train, la pile de journaux flambant neufs dans le wagon de première classe d'une propreté impeccable – le professeur lui reprochait toujours de voyager en seconde pour rentrer à Guildford –, les prés et les bois verdoyants qui défilaient derrière la vitre, les grandes cheminées bleues du nord... des choses nouvelles à contempler et des voix nouvelles à entendre. Une petite pause, comme dirait sa mère, était aussi bénéfique que des vacances. Virginia décida d'accepter.

La seconde lettre, elle, se posait là : treize pages recto verso d'un papier bon marché tout fin couvert d'une écriture au stylo-bille, vigoureuse mais mal formée. L'auteur radotait sur l'excellence de la prestation de Virginia à la télévision ; combien elle avait paru naturelle, et en même temps solitaire. Virginia sourit intérieurement. Les gens associaient toujours la virginité à la solitude. Si vous aviez l'air joyeuse, on considérait que vous faisiez bonne figure. Affichez une mine grave, et on vous accusait aussitôt d'être malheureuse. En réalité, même si Virginia avait passé une grande partie de sa vie solitaire, elle n'avait jamais souffert du moindre sentiment de solitude.

L'auteur de la seconde lettre terminait sa missive par une invitation : *Ce serait vraiment bien si nous pouvions nous rencontrer. Pourquoi ne pas venir jeudi soir en huit, et nous pourrions aller au George boire un verre ? Je ne sais pas si vous aimez les pubs, mais c'est un bar très vivant et très chaleureux, plus agréable que ma cuisine, au dire de mes amis. Dans l'attente impatiente de vos nouvelles. Bien à vous, Rita Thompson (Mrs).*

Un fou rire secoua brusquement Virginia. Elle pouffa tout haut, irrépressiblement, sentant que, derrière elle, certains collègues avaient changé de position pour la regarder. Elle imaginait leurs fronts plissés et leurs expressions soucieuses. Pivotant dans son fauteuil, riant toujours, elle les rassura.

« Ma première lettre de fan », expliqua-t-elle.

Miss Breedy eut un léger tressaillement devant les signes d'une si grande gloire. Se félicitant tacitement du confort de son anonymat, elle noua ses mains sur son opulente poitrine. Mr Bluett joignit son rire à celui de Virginia.

« Je me disais bien que vous aviez une drôle de lueur dans l'œil ! » Tandis qu'il agitait son doigt vers elle, une sonnerie stridente retentit, lui faisant mal aux oreilles. C'était un phénomène nouveau.

Les professeurs rassemblèrent leurs manuels et regagnèrent leurs salles de classe. Virginia était libre jusqu'au cours de 12 h 30. Quand la salle fut vide, elle se leva et entreprit de ramasser les mugs de café, les disposant sur le chariot en rangées bien droites. Ses genoux étaient flageolants et ses mains tremblaient un peu. Un instinct lui disait que Mrs Rita Thompson d'Ealing demeurerait sa seule et unique fan. Il n'y aurait pas d'autre lettre. Pour la première fois depuis des années, elle sentit monter en elle des larmes d'apitoiement. Furieuse contre elle-même de cet accès de faiblesse, elle s'assit à la grande table ronde au milieu de la salle et sortit de son sac un bloc Basildon Bond. Au-dessus de sa tête, les dernières volutes de fumée de cigarette s'enroulaient autour des rayons de soleil, et par la fenêtre elle aperçut Mr Bluett, soudain vêtu d'un short, qui s'obligeait à trottiner autour du terrain de basket à pas mesurés.

S'emparant de la lettre de Mrs Thompson, elle en relut les feuillets spongieux, et se prépara à accepter son aimable invitation.

Avant le petit déjeuner, un matin de la semaine suivante, Virginia trouva le professeur qui l'attendait à la barrière du quai, à la gare d'Euston. Il avait cet air qu'ont les gens qui se sont levés plus tôt que d'ordinaire, et qui n'ont pas encore complètement établi quel type de relations ils allaient entretenir avec la journée à venir. Sa cravate était de travers et ses cheveux gris ébouriffés : il portait comme de coutume son manteau à la Sherlock Holmes avec son espèce de petite cape sur les épaules, et avait sous le bras une liasse de journaux froissés.

« Ah ! Miss Fly. À l'heure comme toujours. Moi, en avance comme d'habitude. Bonjour à vous.

— Bonjour, professeur.

— S'il vous plaît, pour l'amour du ciel, appelez-moi Hans.

— Et moi Virginia. »

Leur petit rituel terminé, ils se sourirent avec gêne. Le professeur prit le bras de Virginia et ils longèrent le quai. Elle constata que sa corpulence familière, à ses côtés, était réconfortante. Il lui tardait de prendre le petit déjeuner.

Le professeur avait réservé une table. Virginia découvrit sur son siège une grande pile de journaux soigneusement pliés. Elle ôta son manteau – il faisait chaud dans le wagon – et s'installa, toute joyeuse. Hans était déjà en train de semer le désordre sur la table dressée à la perfection, repoussant couverts et assiettes : il faisait de la place pour ses notes, qu'il lut avec une concentration immédiate, ne s'interrompant que pour biffer un mot par-ci par-là avec un crayon mal taillé.

Virginia regarda autour d'elle. Elle étudia les hommes gris qui se dépêchaient sur le quai, épaules voûtées, visages sérieux et renfermés, responsabilités lourdement entassées dans leurs attaché-cases en fibre de verre. Elle s'interrogeait sur leur première fois : avec qui, quand, où et comment cela s'était passé... Une grande femme entre deux âges, à la mince bouche écarlate et au manteau assorti, arriva d'un air affairé, une ribambelle de caniches sur ses talons. Elle jonglait habilement avec leurs laisses, évitant de se prendre les pieds dedans. Elle s'arrêta juste devant la fenêtre de Virginia. Les caniches aboyèrent sans bruit, et un homme plus petit aux cheveux blond sable, clignant des yeux à toute vitesse, rattrapa la femme écarlate. Ils échangèrent des paroles muettes et l'homme, quelque peu agité, se tamponna les joues d'une main gantée. La femme lui remit son bouquet de laisses avec un sourire à peine perceptible, puis disparut pour grimper dans le train. Les caniches saisirent leur chance. Aussitôt ils se mirent à zigzaguer autour des jambes de l'homme, l'enrubannant tel un arbre de mai. Il semblait impuissant, déconcerté, honteux. À ce moment-là, la femme écarlate remonta majestueusement la travée entre les tables du pullman et, d'un regard indifférent, observa le dilemme de son mari. Se penchant sans s'excuser par-dessus la table de Virginia, elle ouvrit la vitre supérieure.

« Silky, Spot, Tabitha, Zeus... *Zeus*, Firle ! cria-t-elle. On se détortille ! » Caniches et homme levèrent les yeux vers elle. Dociles, les caniches se désenroulèrent, avec une certaine dextérité. « Décidément, Roger... ajouta la femme. Bon, tu ferais mieux de filer. »

Elle referma la vitre d'un coup sec. Roger, hochant la tête, tenta de lui faire un signe. Mais en levant la main qui tenait les laisses, il ne réussit qu'à soulever de terre trois des caniches. La femme grogna de mépris et se dirigea vers une autre table. Elle laissa derrière elle des effluves écœurants de Diorissimo qui firent éternuer Hans. À part cela, il ne semblait pas avoir remarqué la silhouette écarlate au-dessus de lui.

Virginia savait comment la chose avait dû se passer pour eux. Vers 1938. Rosalind la Fêtarde, vedette des chroniques mondaines avec ses jambes fabuleuses et sa bouche en cœur, s'était fait une éclatante réputation. Sandy, le doux gentleman aux yeux étonnés et au caractère conciliant, l'avait rencontrée à l'apogée de sa notoriété.

Tous deux n'avaient pas été longs à s'apercevoir que chacun possédait ce qui manquait à l'autre. Rosalind avait de l'ardeur et du style. Sandy avait la fortune et le nom. Et puis, en cours de route, un ingrédient ressemblant à de l'amour s'était mêlé à cette combinaison.

Un soir, après un dîner – sans doute à l'ancien Berkeley –, Sandy avait fait boire à Rosalind beaucoup de champagne dans son appartement, où elle était montée en toute sincérité admirer son Matisse. Il s'était mis à jouer avec les franges de sa robe, et Rosalind, à qui on ne la faisait pas, l'avait aidé à descendre sa fermeture Éclair avant de s'attaquer à sa braguette, et ils avaient fait l'amour sur le canapé. Rosalind avait crié de ravissement, prétendu qu'elle n'était jamais allée aussi loin, et demandé quand ils pourraient recommencer. Une timidité soudaine s'était emparée de Sandy, qui s'était éclipsé dans la salle de bains essuyer les bouches écarlates qui recouvraient ses joues. N'empêche, il était ébranlé, saisi de cette même émotion qu'il avait ressentie dans la chapelle lorsque, écolier, il chantait dans le chœur. Des larmes lui montèrent aux yeux, et il supplia Rosalind de lui dire quel cadeau elle voulait. N'importe lequel. Mais Rosalind, près de défaillir d'épuisement, était restée sans voix. Il l'avait ramenée chez elle en taxi et le lendemain matin, pauvre imbécile, il lui avait fait parvenir un bébé caniche.

Virginia sourit toute seule. Pauvres Rosalind et Sandy, qu'étaient-ils devenus aujourd'hui ? Elle regarda le menu. Des harengs, se dit-elle. Des harengs et *The Guardian*, pour commencer, pendant qu'à l'école ils devaient être en train de chanter *He who would valiant be*. Numéro 515 du recueil de cantiques. Elle l'avait inscrit elle-même au tableau la veille au soir. Elle avait aussi épousseté le piano et changé l'eau du verre sur le bureau de Miss Percival, tout cela pour alléger sa mauvaise conscience d'avoir raconté ce bobard. On avait persuadé la malheureuse retraitée qu'était Mrs Wheeler de prendre en charge la classe 4 aujourd'hui, car Miss Fly était obligée de se rendre à Londres pour se faire torturer à cause d'une dent qui l'embêtait depuis des lustres. Mrs Wheeler, dont l'endurance n'était pas le fort, allait devoir accompagner la classe 4 pour sa « sortie Nature » mensuelle. Entre Louise qui polluait la campagne avec ses sachets de chewing-gums sous prétexte qu'elle n'aimait que la ville, et Caroline et Lindy qui jouaient à repérer le maximum de couples en train de flirter dans les collines broussailleuses du Surrey – il y avait toujours plus d'amoureux que de pissenlits, d'églantiers ou d'aubépines, même en pleine semaine... –, ces expéditions n'avaient jamais emballé Virginia. (Mrs Wheeler ne serait absolument pas à la hauteur, Virginia le savait, mais en cet instant, elle ne pouvait se résoudre à avoir pitié d'elle.)

Le train quitta la gare. Le rythme des roues s'accéléra et elle sentit la chaleur du soleil sur son bras. Elle repensa à un voyage qu'elle avait effectué une vingtaine d'années plus tôt, à St Ives, avec ses parents. Ils étaient assis en face d'elle, proches mais sans se toucher, lisant leurs journaux, les valises bien étiquetées rangées avec le panier de pique-nique sur le porte-bagages au-dessus d'eux. Virginia regardait l'étroit ruban de soleil dessiner sur son bras un motif de plus en plus vaste à mesure que le train s'enfonçait dans la campagne. Soudain la tranquillité ambiante avait été rompue par un couple qui avait fait son entrée dans le wagon.

Ils venaient manifestement de se marier. La fille portait un tailleur en gabardine bleu marine qui brillait, et un chapeau cloche rose par-dessus une touffe de cheveux frisottés. Des pétales en papier parsemaient ses épaules comme des pellicules. Son mari tout neuf se cramponnait à son poignet – un visage benêt luisant de sueur avec un sourire ravi empreint de nervosité. Son autre bras était étiré par le poids colossal de leurs deux valises, mais ce n'était pas le moment de se plaindre et il continuait à sourire. Mr Fly vola à son secours. Il se leva d'un bond et, sans difficulté, hissa les valises sur le porte-bagages. Le marié était infiniment reconnaissant et Mr Fly, remarquant les mains tremblantes du jeune homme, entreprit aussitôt de le mettre à l'aise. Comparée au reste de ses instincts, la curiosité de Mr Fly envers ses congénères avait toujours été au-dessus de la moyenne :

il était naturel pour lui de poser d'innombrables questions, et le jeune couple prenait plaisir à y répondre. Il fut bientôt établi qu'ils s'appelaient Sam et Adelaide Barton, et qu'ils allaient à St Ives pour leur voyage de noces. Ce fut l'occasion pour les Fly de se remémorer leur propre lune de miel, dans ses détails les plus prosaïques, et de conseiller amèrement aux jeunes gens de se méfier des fruits de mer. Leur voyage de noces – Douvres en novembre avec la tante de Mr Fly – avait semblait-il viré à la quasi-tragédie à cause d'un mauvais crustacé, mais malgré le fiasco, ils s'en souvenaient avec une sentimentalité effrénée.

Virginia écouta à peine la conversation entre Adelaide, Sam et ses parents. Elle laissa leurs paroles s'accorder à la cadence des roues jusqu'à ce que l'ensemble compose dans sa tête une agréable symphonie de sons. Ce qu'elle se rappelait avoir éprouvé avec violence, pourtant, c'était de la jalousie, de la haine, même, à l'égard d'Adelaide et Sam. Ils étaient là, stupidement heureux, leurs doigts entrelacés durant les huit heures du voyage – mangeant de leurs mains libres des sandwichs à la sardine et des morceaux rescapés de la pièce montée –, et chacun allait avoir l'autre à aimer pendant toute une semaine en Cornouailles, puis pendant toute la vie. Emplie du désir enfantin d'avoir elle aussi quelqu'un à aimer, elle détestait leur bonheur de tout son être. C'était un sentiment tangible, une douleur sourde qui allait de son sternum au creux de son ventre. Pour se réconforter, elle tenta d'imaginer leur lune de miel, du moins sa partie sexuelle. Caroline lui avait récemment raconté tout ce qu'elle savait sur la sexualité tordue des adultes, et Virginia avait l'esprit peuplé de visions effrayantes. Elle imaginait la petite bouche molle de Sam écrasée comme un ver blanc sur celle d'Adelaide tandis que ses doigts moites pétrissaient son ventre charnu et que ses genoux repoussaient obstinément ses cuisses pour les forcer à s'ouvrir. Elle espérait que ce serait abominable.

« Vous avez l'air mélancolique, ce matin, Virginia. » Le professeur avait levé le nez de ses notes. « Je pensais vous trouver tout feu tout flamme. Je croyais que les gens fiancés étaient pleins d'allégresse. » Virginia tenta un sourire rayonnant.

« Je ne suis pas fiancée, déclara-t-elle d'une voix solennelle. Je n'ai plus rien à voir avec Charlie, ni lui avec moi.

— Ah ! Dans ce cas vous avez toutes les raisons de ne pas être guillerette. » Il appela le serveur et commanda des cornflakes et des harengs pour deux, sans demander à Virginia si c'était bien ce qu'elle voulait. Il poursuivit : « D'un point de vue égoïste, bien sûr, cela signifie que vous serez peut-être d'accord pour continuer à venir à des concerts. Je regrettais justement l'autre jour que vous ne puissiez pas m'accompagner au concert de Leonard Cohen à l'Albert Hall dans quelques semaines... J'ai eu un mal fou à me procurer des billets. Mais peut-être que, maintenant, vous viendrez. » Il énonça cette phrase comme une affirmation.

« Ce serait formidable. » Virginia se pencha sur ses céréales pour dissimuler la rougeur qu'elle sentait envahir son visage. Elle n'avait pas cité le nom de Charlie depuis quinze jours, c'était peut-être pour cela... « Dans quelques années, j'arriverai à voir le ridicule de toute cette affaire, mais pour le moment, c'est encore assez horrible.

— Ah bon ? » Le professeur ne paraissait pas franchement intéressé.

« Piccadilly est un endroit si affreux pour une séparation. » La chose l'étonnait, mais elle avait besoin de se confier au moins un petit peu à quelqu'un. L'apparent désintérêt du professeur l'encouragea. « Beaucoup trop chauffé, cet hôtel. Pas moyen de respirer comme il faut.

— Quitte à avoir une séparation désagréable, autant que ce soit dans un endroit désagréable, grogna le professeur au-dessus de ses filets de hareng, qu'il aurait préféré lever lui-même. Mon Dieu, je me rappelle, j'étais étudiant à Paris à l'époque, et je me souviens de cette fille, Marie, et de la façon qu'elle a eu de me plaquer. Une blonde monumentale. Un fessier énorme. Tout ce qu'elle voulait de moi, en réalité, c'était que je lui dédie un morceau de musique. Elle faisait une fixette sur la mort, la pauvre gourde. N'empêche, j'avais envie d'elle, ça c'est sûr. Un dimanche je l'ai emmenée à Versailles en train... tout mon argent de la semaine y était passé. Nous avons marché dans le parc du château sous la neige. Ensuite je lui ai offert des croissants avec de la confiture de cerises noires, d'où son fameux postérieur sans doute, et la voilà qui m'annonce : "Hans, ce dimanche doit être notre dernier. Je pars avec un poète. Il m'a écrit des sonnets." Quelle dinde... "D'accord, j'ai répliqué, très bourru. (Il sourit en repensant à sa brusquerie.) Pars donc retrouver ton poète, mais c'est toi qui paieras ton trajet de retour." Ç'a été tout un truc quand elle a fouillé dans son sac pour chercher de la monnaie. Quel manque de dignité, j'ai pensé. Et puis elle a filé en se dandinant et en mâchonnant son croissant, des miettes plein la poitrine, et je suis resté là tout l'après-midi sans réussir à croire qu'elle était partie. Bien sûr, c'était un sacré soulagement, en fait. Mais le café était tellement joli, avec ce tapis de neige immaculée devant. C'était ça qui était dommage. Elle aurait dû me quitter dans une gare ou à un coin de rue. Ç'aurait été plus facile. »

Virginia écoutait à peine. Les plats et tristes faubourgs de Rugby défilaient devant ses yeux. Elle lâcha tout à trac :

« C'est moi qui ai quitté Charlie, quand j'ai découvert qu'il était marié. »

Le professeur coupa court à des aveux supplémentaires en posant une main sur une des siennes.

« Juste ciel, Virginia, je vous en prie, épargnez-moi les détails. » Ses yeux étaient presque rieurs. Virginia hésita une seconde, se jugea tout à coup ridicule, et rit d'elle-même durant un long moment. Le professeur se joignit à elle.

Ils arrivèrent à Bolton juste avant le déjeuner. Virginia remarqua que la femme écarlate était attendue par un homme identique à l'homme de Londres, sauf qu'il portait un chapeau melon et non des gants de conduite, et tenait en laisse de grands chiens de chasse et non des caniches. Les chiens de chasse étaient si démonstratifs qu'il dut les retenir. Quant à l'homme lui-même, c'est à peine s'il parvint à sourire. Pour une raison obscure, ces mystérieux aperçus de la vie de Rosalind ajoutèrent encore au plaisir que Virginia prenait à cette journée.

Un étudiant avait été envoyé à la rencontre du professeur : l'accueillant avec un enthousiasme volubile, le garçon lui annonça que sa conférence faisait salle comble. Le professeur n'exprima aucune surprise. Il était habitué à attirer un public nombreux. Il soufflait un peu en essayant de suivre l'étudiant. Virginia se sentait très fière de lui.

Ils allèrent dans un pub où ils retrouvèrent d'autres étudiants, ainsi qu'un homme plus âgé, un Allemand, à qui le professeur remit sa partition et présenta Virginia.

« Inigo Schrub, mon plus vieil ami, pas vrai ? Nous étions étudiants ensemble, vous imaginez ? Aujourd'hui, on peut dire qu'il a gravi les échelons. Inigo est premier violon. »

Inigo éclata de rire et sa bouille épaisse vira au cramoisi. Il portait des lunettes rondes. Sous les compliments du professeur, ses yeux pâles, agrandis par les verres, se mirent à pétiller.

« Un orchestre des Midlands de grande renommée »,
ajouta Hans, et les yeux de son ami s'éteignirent, redeve-
nant de ternes disques gris. L'homme se ressaisit sans tar-
der. D'un air de bienveillance confuse, il serra la main de
Virginia, inclinant la tête de la même manière que le professeur, ses joues dodues cachant ainsi presque tout son
sourire. Puis il se tourna à nouveau vers Hans et les deux
compères se mirent à parler en allemand. Dans sa propre
langue, le professeur parlait très vite, et avec éloquence,
s'imaginait Virginia même si elle ne comprenait pas un
mot. À plusieurs reprises, les deux hommes s'esclaffèrent,
des rires gutturaux et rocailleux. C'était la première fois
que le professeur donnait à Virginia l'impression qu'il
s'amusait, et son euphorie déteignit en partie sur elle.

Elle examina les étudiants autour d'elle – une bande
sympathique aux longs cheveux mal peignés, uniformément vêtue de jeans, de T-shirts et d'anoraks. Ils étaient
gentils avec elle, conscients de sa timidité et manifestement impressionnés qu'elle bénéficie de l'intérêt du
professeur. Ils lui confirmaient la popularité de son ami
dans le monde estudiantin.

« Quand le professeur doit venir, expliqua l'un
d'eux, toutes les places partent en une heure. Ce qu'on
doit faire maintenant, c'est installer des micros à l'extérieur de la salle pour que les personnes refoulées
puissent entendre. »

Virginia avoua qu'elle n'avait jamais assisté à une
conférence du professeur.

« Alors préparez-vous à un après-midi formidable,
l'avertit l'étudiant. Mettez-le sur une estrade et il tient
tout l'auditoire à sa merci. Or, vous le savez sûrement,
les étudiants ne sont pas le public le plus facile. »

Après une propagande pareille, Virginia ne s'attendait qu'à être déçue.

Une fois leurs verres finis, ils se rendirent dans une
grande salle située en face du pub. Sept cents amateurs

étaient déjà installés. Un siège avait été réservé pour Virginia au premier rang, mais elle le refusa pour gravir seule les marches jusqu'en haut de l'auditorium. Là, elle fut obligée de rester debout.

La tribune paraissait très loin en contrebas. La table, la chaise, le magnétophone ressemblaient à des jouets.

Des acclamations retentirent : quelqu'un avait repéré le professeur dans les coulisses. Silhouette minuscule, il se dépêcha de rejoindre la scène, et les acclamations allèrent crescendo. Le professeur semblait indifférent au vacarme. Son manteau et ses notes avaient été abandonnés ; ses cheveux se dressaient dans tous les sens sur son crâne.

Soudain le silence se fit. Le professeur se posta tout au bord de l'estrade. Il leva les mains en un geste innocent, comme stupéfait qu'on lui ait demandé de prendre la parole, puis commença.

Le titre officiel de sa conférence était « Mahler : l'homme derrière le musicien ». Néanmoins, en deux heures, Virginia ne releva dans sa bouche que deux mentions du compositeur. Elle s'en aperçut après, mais elle aurait été bien en peine de résumer ce qu'il avait dit. Elle se rappelait la conférence comme un tout : l'odeur suave et étouffante de la salle, les relents de sueur qui lui parvenaient par bouffées ; les rires chaleureux qui fusaient quand le professeur déformait une expression afin d'éclairer un lieu commun ; les informations inédites qu'il détenait sur la vie de différents musiciens – des faits anecdotiques, amusants ou tristes. Lorsqu'il interrompait son discours pour illustrer un point par un morceau de musique, le magnétophone lui causait inévitablement des problèmes. Chaque fois un étudiant arrivait à la rescousse, et chaque fois il attendait que l'étudiant ait quitté la tribune pour se rasseoir lui-même, tourner le dos au public, et écouter. Il était très comédien. De toute évidence il s'amusait beaucoup, et les étudiants l'adoraient.

À la fin, ils applaudirent et tapèrent des pieds pendant dix minutes avant de sortir de la salle. Le professeur répondit par une série de petits saluts discrets. Tout le monde à présent avait oublié Virginia. Particulièrement intimidée, elle se dirigea vers les coulisses. Là, elle trouva le professeur entouré d'un groupe d'admirateurs qui lui posaient des questions. Mais il la repéra sur-le-champ et lui fit signe d'approcher.

« Ah ! Virginia Fly. Ça vous a plu ? » Tous les yeux se braquèrent sur elle. On lui libéra un passage vers le professeur. Elle se sentit rougir. Une fois à ses côtés, protégée par son bras, elle fut rassurée par la chaude odeur de son corps. Un compliment spirituel aurait été de rigueur, elle s'en rendait compte, mais aucun ne lui vint. Elle hocha la tête sans rien dire.

« Dieu merci ! s'écria le professeur en riant. Venez, nous devons filer attraper notre train. »

Un essaim d'étudiants les accompagna à la gare et leur fit au revoir de la main, en priant le professeur de revenir très vite. Il ne leur promit rien. Maintenant qu'il n'était plus en chaire, leur enthousiasme semblait avoir cessé de l'inspirer.

« C'est toujours comme ça ? » demanda Virginia. De retour dans le wagon-restaurant, ils dégustaient des *buns* toastés tout chauds avec du thé indien bien fort.

« Toujours. » Le professeur ne jouait pas les modestes. « Apparemment, ils aiment. Chaque fois, ça me surprend qu'ils veuillent que je revienne. Un jour ce sera la panne sèche. Ça ne marchera plus. Je ne saurai plus comment m'adresser à eux. » Il bâilla. « Je suis fatigué une fois que c'est fini. Je n'arrive jamais à dormir la veille… le trac, même après toutes ces années. Mon laïus a peut-être l'air tout ce qu'il y a de plus naturel, mais il exige énormément de préparation, vous comprenez. »

Virginia comprenait. Elle travaillait dur elle aussi pour préparer ses cours. Mais jusqu'à présent elle n'avait jamais été encouragée par une quelconque réaction de ferveur comme celles que le professeur avait coutume d'obtenir. À vrai dire, pour elle, l'enseignement n'était pas un métier très gratifiant. Hormis dans ses cours de dessin, elle ne se sentait pas très douée pour communiquer... Elle se demanda, rongée de culpabilité, comment la journée s'était passée pour ses élèves. Ce matin elle n'avait éprouvé aucune mauvaise conscience. Étrange, ces variations d'humeur.

Tanguant dans le couloir derrière le professeur en direction du bar, elle se prit, sciemment, à admirer sa silhouette : la forme de sa tête, la coupe de ses cheveux gris, avec son savant désordre, la largeur de ses épaules... Comme conscient des pensées de la jeune femme, il s'arrêta tout à coup, et se retourna.

« Ma femme disait toujours qu'on pouvait juger un homme à sa silhouette de dos. » C'était la première fois qu'il évoquait sa femme devant elle.

Il reprit sa route. Virginia dut courir pour le rattraper. Au bar, il commanda deux verres de brandy.

« Ce que nous avions bu ensemble la dernière fois, si je me souviens bien ?

— J'ignorais que vous aviez une femme. » Virginia était pâle.

« Oh, je n'en ai plus. Elle est morte, bon Dieu ! Il y a vingt ans. Accident d'avion. Elle et la petite. » Il déplaça son verre, où se reflétèrent un instant les nuages roses du soir. Le brandy clapota sur fond de ciel. « Elle était maigre, comme vous. Pas très grande non plus. Mais blonde. Très discrète. Elle aurait fait une bonne pianiste un jour, même si elle était presque trop délicate. Elle avait horreur de jouer *fortissimo*. Je l'appelais... le mot allemand pour anémone des bois. » Il se tut, regarda Virginia droit dans les yeux. « J'aurais aimé voir ma fille, Gretta, devenir musicienne. Elle chantait de manière très prometteuse pour une enfant de six ans. Elle était blonde, elle aussi. Une longue natte, comme Christabel. Quand elles sont mortes, évidemment, j'ai tout laissé tomber. La musique, la composition. Je n'avais plus personne pour qui écrire. Cela n'aurait rien donné de bon. De toute manière, je n'en avais pas envie. Plus envie. Mais c'est pour cela que je fais des conférences, pour Christabel. Elle me disait toujours pendant ses leçons de musique… – c'est ainsi que nous nous sommes connus, elle était mon élève. Elle disait : "Oh, Hans, vous me faites tellement rire, je n'arrive pas à jouer. Vous feriez rire toute une assemblée." Personnellement, je ne me trouvais pas très amusant, mais elle s'esclaffait à tout ce que je disais. Voilà que je vous raconte ma vie… Bizarre comme les gens s'épanchent toujours en voyage. Il faut me pardonner. »

Il quitta son tabouret de bar, à nouveau cérémonieux, son ton redevenu sec. Virginia le suivit en sens inverse dans le couloir. Ils traversèrent le fourgon du chef de train. Virginia toucha la cage qui renfermait les sacs de courrier. Le grillage était glacial. Elle chancelait un peu. La lumière dans le fourgon était d'une teinte vert pâle, peuplée d'ombres dansantes. Les sacs de courrier étaient empilés comme des rochers : leur toile était raide et terne, leurs formes horribles à voir.

Soudain le souffle lui manqua. Malgré les courants d'air dans ses jambes, le fourgon était aussi étouffant que la chambre de Charlie. Elle poussa un cri, s'agrippant à la cage. Le professeur se retourna aussitôt.

« Pour l'amour de Dieu, qu'y a-t-il ? » Affolé par son teint pâle, il réagit avec brusquerie. « Vous êtes malade ?

— Non. » Virginia essaya de bouger mais elle se sentait paralysée. Le professeur lui donna le bras. Les roues du train débitaient un refrain lancinant : *Ma femme au pays, ma femme est morte, ma femme au pays, ma femme est morte…*

D'abord Charlie, maintenant le professeur. Virginia avançait lentement, soutenue par le bras du professeur. Elle se mit à pleurer sans bruit.

De retour dans le wagon, elle renifla :

« Je suis aussi nulle que votre amie Marie, n'est-ce pas ? Quel manque de dignité !

— N'importe quoi ! répliqua le professeur. Ne dites pas de bêtises. » Il marmonna quelque chose, une histoire de choc à retardement, et lui offrit son mouchoir.

Virginia ne savait plus combien de temps elle avait pleuré, ni ce qui avait séché ses larmes, mais une fois à Euston, elle se sentit joyeuse, quoique complètement vidée. Le professeur, qui montrait lui aussi des signes de fatigue, l'amena à Waterloo en taxi, puis insista pour faire le trajet avec elle jusqu'à Guildford. En première classe.

Il faisait noir lorsqu'ils atteignirent Acacia Avenue. Sur le seuil, dans le halo de la lampe orange, il refusa d'entrer. Virginia lui en fut reconnaissante. Elle n'aurait pas voulu qu'il tombe sur ses parents. Qu'il soit forcé de commenter les événements du jour.

Il lui baisa la main, effectua un de ses petits saluts théâtraux, et déclara qu'il ne risquait pas d'oublier cette journée.

Après quoi il s'éloigna d'un pas lourd vers la rue, les mains dans les poches de son grand manteau, épaules voûtées et tête basse, comme si les lieux l'oppressaient.

Chapitre 6

UNE centaine d'idées différentes avaient traversé l'esprit de Mrs Thompson avant qu'elle opte finalement pour Ulick Brand. Elle avait d'abord pensé organiser une petite fête pour Virginia Fly. Mais tout compte fait, elle avait conclu qu'elle n'avait ni l'argent, ni la place, ni les relations pour le genre de réception que, dans l'idéal, elle aurait aimé donner. Il lui vint ensuite l'idée qu'Edgar, le fils de son beau-frère, était un jeune homme qu'elle pourrait présenter à Virginia. Mais Edgar habitait à Beaconsfield et était accaparé par son élevage de volailles sur litière profonde. Il se débrouillait d'ailleurs très bien dans cette activité : il finirait par faire fortune, Edgar. À la réflexion, cependant, il n'était pas le jeune homme le plus avenant que Mrs Thompson ait jamais rencontré, et il risquait de trouver très saugrenu que sa tante l'invite soudain à Ealing pour rencontrer une jeune inconnue aperçue à la télévision. Non, Edgar ne ferait pas l'affaire.

Et puis il y avait eu cette occasion qu'elle avait fichue en l'air, et qui continuait à la contrarier. Elle était chez le général un après-midi, à taper des lettres à l'intention de sa famille au Bengale, quand un jeune soldat était arrivé pour un entretien. Le général l'avait fait attendre une demi-heure pendant son petit somme de l'après-midi. Le soldat, très beau dans son uniforme, avait patienté dans la pièce avec Mrs Thompson, chauffant ses chaussures rutilantes devant un minuscule radiateur électrique. Mrs Thompson avait abandonné sa machine à écrire et décidé de lier conversation. Elle bavarda avec lui de la vie militaire, l'interrogea sur sa famille, qui vivait à Rottingdean, et ne tarda pas à établir qu'il était célibataire. Elle lui donnait autour de la trentaine. Il serait idéal pour Virginia. Le problème était de réussir à aborder le sujet.

Elle commença par lui préparer une tasse de Nescafé, ce qui, expliqua-t-elle, était un peu risqué dans l'appartement du général, car celui-ci n'aimait pas qu'on se rende sans autorisation dans sa cuisine, et encore moins qu'on boive dans ses tasses. Dans ces conditions, Ronald – c'est ainsi que s'appelait le soldat – se sentirait forcément redevable envers elle.

Elle se jeta à l'eau sans détours.

« Si vous me permettez, Ronald, vous faites quoi jeudi prochain, dans la soirée ? »

La question prit Ronald au dépourvu. Il reposa vivement la tasse de café illicite sur le bureau de Mrs Thompson.

« Euh, je ne sais pas. Enfin… pourquoi ?

— Eh bien, voilà. J'habite à Ealing. » Mrs Thompson chercha une cigarette dans son sac, et lui en offrit une. Ronald mourait d'envie d'accepter mais jugea plus sage de refuser.

« Ah ? Je ne connais pas très bien ce quartier de Londres, j'en ai peur.

— C'est un quartier agréable. Des arbres. Après Rottingdean, je peux vous garantir qu'Ealing vous plairait.

— Je n'en doute pas. » Ronald rit nerveusement. Mrs Thompson battit des cils un moment, d'une manière, selon elle, plus pensive que sensuelle, avant de lui adresser son sourire le plus charmeur.

« J'ai une raison bien particulière de vous inviter à Ealing jeudi soir prochain. » Elle marqua une pause tandis que Ronald rougissait. « Vous me feriez une immense faveur, ajouta-t-elle, si vous acceptiez de venir. » Elle murmurait presque en lui adressant cette supplique.

« Oui, eh bien, je vous remercie beaucoup, mais je suis pratiquement sûr qu'il y a une cérémonie militaire ce soir-là. Et maintenant, si vous voulez bien m'excuser auprès du général, je crains de ne pas pouvoir attendre plus longtemps. En fait, il faut que je m'en aille. »

Il quitta la pièce à la hâte sans un autre regard pour Mrs Thompson. Ce ne fut qu'au milieu de la nuit suivante qu'elle se réveilla en nage : Ronald avait mal interprété sa requête ! Il avait dû la prendre pour une vieille obsédée en manque, qui ne reculait devant rien. Elle pleura de honte, et maudit son erreur tactique.

À chaque nouvelle idée, reconsidérée puis abandonnée, la panique de Mrs Thompson augmentait. Le jour de la visite de Virginia approchait dangereusement, et elle n'avait toujours rien organisé pour elle. Aux abois, elle téléphona à son amie Mrs Baxter pour lui demander si, la semaine prochaine, au lieu de leur mardi soir habituel, elles pouvaient se voir le jeudi, mais Mrs Baxter n'apprécia pas du tout cette suggestion et se montra extrêmement vexée. Le mardi était son jour, déclara-t-elle, et si Mrs Thompson voulait lui présenter des gens, alors ce serait aux gens de s'adapter. Ce n'était pas à elle de changer toutes ses dispositions pour se rendre à Ealing un jeudi.

D'une certaine manière, Mrs Thompson fut soulagée. Mrs Baxter avait beau être une excellente amie, elle était tout à fait capable de mettre les pieds dans le plat. Or Mrs Thompson ne tenait pas à effaroucher Virginia Fly durant les premières phases de sa stratégie.

Déprimée, elle se rendit à pied au George pour y boire un verre, chose qu'elle n'aimait pas beaucoup faire seule. Par chance, Ulick Brand, qu'elle avait croisé là-bas plusieurs fois, se trouvait au comptoir. Il lui offrit un double gin, lui ordonna de se dérider, et ils s'assirent à une table pour discuter.

Ulick Brand était un jeune commercial représentant une marque de whisky. Il venait au George très souvent ces derniers temps, afin de persuader le patron de privilégier le whisky Blue Label. L'entreprise impliquait de se séparer d'un billet de cinq par-ci, par-là, mais la campagne semblait fonctionner. Il ne faisait aucun doute ce soir que l'homme favorisait la vente de Blue Label. Le George ne nécessiterait qu'une visite de plus, puis Ulick irait concentrer ses efforts sur The Siren, un grand pub de Northolt qui, paraît-il, ne disposait pas d'une seule bouteille de Blue Label. Comme il trouvait assommant cet aspect du boulot consistant à démarcher les pubs un par un, Ulick casait cette corvée en fin de journée. Le seul élément positif était qu'au moins il pouvait rentrer chez lui rempli d'une agréable sensation d'ivresse et d'insouciance.

Mrs Thompson l'admirait pour son apparence élégante – cols rigides et costumes rayés de toute beauté – et ses manières exquises. Il semblait s'intéresser à tout ce qu'elle disait, lui offrait autant de verres qu'elle voulait et l'avait même ramenée une fois chez elle dans sa voiture de sport. Mrs Thompson se sentait parfaitement à l'aise avec lui. Il lui rappelait nombre de ses clients de jadis, et elle savait comment se comporter avec ces messieurs-là. Certes, Ulick Brand en savait plus sur elle qu'elle n'en savait sur lui : avec un auditeur aussi attentif, il était difficile de ne pas évoquer tous les heureux moments passés autrefois avec Bill. Mais Mrs Thompson avait réussi à éviter le sujet de sa propre existence assez longtemps pour apprendre qu'Ulick habitait une maison en pleine propriété à Chelsea, qu'il jouait au squash les soirs où il n'allait pas dans les pubs, et que sa famille était originaire du Shropshire. Il ne faisait jamais allusion à une quelconque vie conjugale, mais Mrs Thompson n'aurait pas été étonnée qu'il ait déjà été marié, ou du moins qu'il ait eu une relation marquante avec une femme. Il avait parfois une expression lointaine dans le regard.

Ce soir-là, pour sa troisième rencontre avec Ulick, Mrs Thompson décida de la jouer finement. Il était sa dernière chance. Le destin l'avait envoyé à son secours, et elle ne pouvait se permettre de le perdre.

« J'ai une jeune amie qui vient me voir jeudi, expliqua-t-elle. Virginia Fly, elle s'appelle. Elle habite près de Guildford… elle ne profite pas beaucoup de la vie londonienne. Je me disais que je l'amènerais volontiers ici boire un verre. Vous êtes bien d'accord, le George n'a rien à voir avec un pub de campagne ? » Ulick concéda que non, absolument pas. « Peut-être que nous tomberons sur vous, poursuivit-elle. J'aimerais vous la faire rencontrer. C'est une gentille fille, très discrète. Elle est enseignante. » Ayant révélé toutes les choses insignifiantes qu'elle savait sur Virginia, elle se tut, se demandant si elle devait divulguer l'information la plus précieuse. Elle décida d'essayer.

« En fait, c'est une fille très originale, par les temps qui courent, si vous voyez ce que je veux dire… » Ulick Brand haussa les sourcils, l'air perplexe. Mrs Thompson but une gorgée de son verre pour se laisser le temps de trouver le mot juste. « Pas… *endommagée*. Oui, c'est ça. (Elle confirma de la tête.) Eh oui… À vingt-neuf ou trente ans. »

Ulick Brand ne répondit rien. Au lieu de cela, il feuilleta son agenda. Un joli maroquin, remarqua Mrs Thompson. Un homme de goût.

« Justement, fit-il d'un ton si désinvolte que Mrs Thompson n'était pas sûre qu'il ait compris ce qu'elle voulait dire, je comptais faire un dernier saut ici jeudi prochain. Je crois que ça y est, je les ai bien ferrés. » Il sourit.

« Ah ! Vous me voyez aux anges. Je meurs d'impatience. » Dans son soulagement, Mrs Thompson ne chercha même pas à juguler son enthousiasme. « Je suis certaine que Virginia va énormément vous plaire... quoique, je ne devrais pas vous donner trop d'espoir, pas vrai ? Mais c'est vraiment une chic fille.

— Je me ferai une joie de la rencontrer. » Ulick Brand avait désormais terminé son whisky et semblait pressé de partir. Il offrit toutefois à Mrs Thompson un autre verre à déguster en son absence. Elle le remercia avec plus d'effusion que nécessaire, mais cette aubaine, surgie pour ainsi dire in extremis, lui était montée à la tête.

Lors de leurs futures rencontres, décida Mrs Thompson, elle montrerait à Virginia ses albums de photos, lui parlerait de Bill, ronchonnerait un peu à propos de son locataire, cancanerait tout son saoul. Si elle arrivait à la faire venir à Londres un mardi, peut-être irait-elle jusqu'à la présenter à Mrs Baxter. Mais ce soir, le premier soir, elles iraient directement au George. Elle ne voulait pas courir le risque de rater Ulick Brand, et puis, de toute façon, il régnait une bonne ambiance dans la partie *lounge* du pub : à la fois chic et conviviale. Pour peu que Virginia se révèle timide, Mrs Thompson, bien sûr, saurait la mettre à l'aise et puis le brouhaha, le tintement des verres, le doux éclairage orangé, les allées et venues des clients, tout cela contribuerait à la détendre.

Virginia débarqua, petit manteau de flanelle grise et béret de laine, avec une demi-heure de retard. Malgré le plan dont elle s'était munie, elle s'était perdue, et se répandait en excuses.

« Oh, ce n'est rien, ce n'est rien, protesta Mrs Thompson qui avait passé ladite demi-heure à guetter, anxieuse, derrière ses voilages. Seigneur, vous êtes plus petite qu'à la télé ! Je me disais qu'on pourrait filer tout de suite au pub. Il y en a un plutôt agréable pas loin. »

Claquant la porte d'entrée derrière elle, elle s'élança d'un pas rapide, empoignant le bras de Virginia pour traverser les rues. Elles ne devaient surtout pas rater Ulick Brand.

Mais ce dernier se tenait à sa place habituelle, à l'angle du comptoir. Mrs Thompson, avec un petit sursaut très crédible, se plaqua une main sur la bouche.

« Ma parole ! Je vois déjà un ami… Quelle coïncidence. » Elle présenta Virginia à Ulick, qui leur offrit immédiatement un verre. Puis le trio alla s'asseoir à une table.

Mrs Thompson veilla à ce qu'il n'y ait pas de moments de gêne, ni de silences. Elle était intarissable, s'interrompant à peine pour avaler une gorgée, parlant de la pièce pour seniors dans laquelle elle avait joué et de la mère de Mrs Baxter qui allait être placée dans un asile d'aliénés la semaine suivante. Virginia l'observait attentivement : les yeux fatigués et cerclés de rides, surmaquillés, jetant en tous sens des regards furtifs, les cheveux secs crantés de force, la broche de fausses émeraudes sur son revers… Elle se demandait pourquoi Mrs Thompson lui avait écrit : ce qu'elle attendait d'elle, et si cette rencontre serait la première et la dernière. Elle avait mal à la tête et se sentait exténuée. L'homme à la moustache noire avait recommencé à troubler son sommeil, et elle avait rédigé des bulletins de fin de trimestre jusque tard dans la nuit. Elle se demandait à quelle heure et de quelle manière la soirée allait se terminer.

Ulick écoutait apparemment Mrs Thompson avec une grande attention. De temps en temps il jetait un regard à Virginia, remarquant la pâleur de son visage et les cernes, du même gris que son manteau, qu'elle avait sous les yeux. Pas son genre de fille. Il était attiré par les femmes saines et plantureuses aux cheveux brillants et aux dents éclatantes, aux seins opulents laissés en liberté et aux vêtements de couleur vive. Cette fille, Virginia, donnait l'impression de ne pas être née dans le siècle qu'il fallait, une sorte de Jane Eyre au petit pied. Et pourtant il y avait quelque chose d'assez désarmant dans sa placidité, sa mélancolie.

À chaque verre supplémentaire, Mrs Thompson devenait plus audacieuse dans ses réminiscences. Le babillage qui avait commencé comme un moyen de faciliter ce rendez-vous peu orthodoxe se mua en grand déballage nostalgique. Ses confidences faisaient sourire Ulick et Virginia.

« Ah ! Au bon vieux temps… j'étais une petite chose toute frêle alors… je ne buvais pas comme aujourd'hui. Mon heure préférée, c'était l'heure du thé. Le Ritz… je me souviendrai toujours du thé au Ritz. Vous, bien sûr, Ulick, vous devez bien connaître le Ritz. » Ulick haussa les sourcils. Mrs Thompson n'attendit pas sa confirmation et poursuivit : « Je me souviendrai toujours de ce jour d'été, et de ce thé au Ritz avec Freddie Colhoun… tiens, voilà que j'ai vendu la mèche, on dirait ! » Elle gloussa. « Installés sous un palmier, nous buvions du thé de Chine au citron, et Freddie se grattait le menton avec sa canne en ébène. Un tic nerveux, je suppose. Il avait beau dire que mes yeux pétillaient, il ne voulait pas m'emmener chez lui. Un sacré numéro, ce Freddie. Très prudent. J'essayais souvent de le convaincre de se montrer un peu plus audacieux. "Allez, Freddie, je disais toujours. Décoince-toi un peu. Allons quelque part, une de ces boîtes à la mode, danser, chanter, montrer aux gens qu'on est heureux." Mais il ne raffolait pas de cette idée. Il aimait mieux venir me voir chez moi – j'avais un joli appartement dans le West End – et m'apporter de petites surprises. Un flacon de parfum ou un pot de caviar russe. Très généreux. Mais bon, bien sûr, il était plein aux as. Ça se devinait rien qu'à ses boutons de manchettes. »

Elle se tut, jetant un coup d'œil aux poignets d'Ulick. L'éclat doré qu'elle y aperçut la rassura.

« En fait, ce thé au Ritz a été la dernière fois que j'ai vu Freddie. Il n'avait pas l'air de savourer ce moment autant que moi. Je riais, lui caressais le menton, je flirtais un peu avec lui, vous comprenez, j'essayais de le distraire, et lui n'arrêtait pas de regarder les serveurs. À la fin il a dit qu'ils avaient tous les yeux braqués sur moi. Il était sensible à ce point-là ! Le vieil imbécile. Il s'est refermé comme une huître, et puis il m'a envoyé des roses le lendemain en disant qu'il partait pour l'étranger. J'ai lu quelque part qu'il était mort dans un accident de voiture, ça devait être juste après la dernière guerre. Il paraît qu'il était propriétaire d'une grande écurie de courses. Il me l'avait jamais dit, mais les hommes sont jamais fichus de deviner ce qui pourrait vous intéresser, je me trompe ? »

À neuf heures, Virginia commença à s'agiter en pensant à son train de retour. Le semblant d'excitation qu'elle avait pu éprouver à l'idée de cette soirée s'était émoussé. Ulick Brand incarnait le genre d'homme avec qui elle n'avait rien en commun, et Mrs Thompson, malgré toute sa gentillesse, était fatigante. Il fallait être dans le bon état d'esprit pour la supporter.

Ulick Brand, qui cachait mal sa propre impatience de prendre congé, proposa à Virginia de l'emmener à la gare. Elle accepta. En chemin, ils déposèrent Mrs Thompson chez elle. Celle-ci, au moins, était heureuse. Entre le gin et la perspective de voir ses plans se concrétiser si vite, et d'une façon que même elle n'avait osé espérer, elle ne fit rien pour réprimer ses couinements et autres gloussements de joie lorsqu'ils la laissèrent à sa porte.

« Emmenez-la tout droit à la gare, Ulick, et soyez sages ! » Elle agita un doigt comminatoire. Virginia rougit.

Ulick n'avait aucunement l'intention de ne pas être sage avec Virginia Fly, mais il avait faim. Se présentaient trois solutions : deux friands surgelés dans son frigo, un dîner seul dans son petit restau de quartier, et il en avait plus qu'assez de leur bœuf Stroganov, ou dîner avec Virginia, si elle était d'accord.

« Que diriez-vous de manger chinois avant de rentrer chez vous ? » demanda-t-il tandis qu'elle enfilait des gants de laine noirs bordés de peluche.

Virginia, dont l'humeur de bois flotté la portait à se laisser ballotter par les caprices d'autrui, répondit que oui, elle voulait bien manger chinois. Sans plus discuter, ils se rendirent dans un restaurant de Knightsbridge, tout en sol dallé et lumières tamisées. Le restaurant semblait rempli de gens vêtus de magnifiques tenues vaporeuses venues d'Afghanistan, chemises brodées et pantalons de velours flamboyants. Leurs cheveux étaient enroulés en tire-bouchon, et leurs pieds chaussés de bottes quand ils n'étaient pas nus. Plusieurs d'entre eux adressèrent un signe de tête à Ulick alors qu'il conduisait Virginia à leur table. Dès qu'ils furent assis elle retira ses gants et son manteau. Dessous, elle portait un chemisier brodé que sa mère avait acheté à l'aéroport de Zurich : au moins, parmi toutes les bigarrures des autres convives, cette tenue attirait-elle moins l'attention que son triste manteau gris.

Ulick tendit un bras par-dessus la table pour lui pincer la joue.

« Je n'ai jamais vu une jeune femme aussi pâle que vous. Tellement blême. Vous êtes toujours comme ça ? » Elle remarqua, quand il sourit, qu'il avait de jolies dents régulières, très blanches, et que les plis autour de sa bouche se fronçaient d'une manière assez touchante. Peut-être n'était-il pas si mal après tout, même si Virginia détestait bien une chose, c'était qu'on lui pose une question directe sur son compte.

L'habituelle rougeur enfantine empourpra ses joues. Toujours incapable de la contrôler, Virginia savait que le seul moyen d'en amoindrir l'effet consistait à sourire. Le résultat plut à Ulick.

« Voilà qui est mieux. Maintenant votre visage fonctionne. Vous avez l'air d'un être humain en chair et en os qui a pris le vent et le soleil, pas de quelque chose qui vient de sortir du freezer... »

Virginia rit. Elle se sentit soudain le ventre creux. Ulick commanda pour elle – de petits aliments ratatinés qui lui paraissaient follement exotiques et qui semblaient perdus dans l'immensité des assiettes blanches. Cherchant à camoufler leur nudité, elle en recouvrit certains d'algues frites, avant de s'accorder le plaisir infini d'écarter les touffes d'algues pour découvrir les germes de soja et les crevettes qu'elle venait de cacher. Ulick l'observait avec soin, amusé. Il s'abstint de lui demander si elle avait l'habitude de la cuisine chinoise.

Au lieu de cela, il parla de Mrs Thompson, et après deux verres d'un vin blanc glacé bien sec, Virginia lui raconta comment s'était produite leur rencontre. Ulick réussit à masquer sa stupéfaction et préféra en revenir à Mrs Thompson.

« Elle doit être sacrément solitaire pour faire un truc pareil.

— C'était de la gentillesse. Elle pensait peut-être pouvoir m'aider.

— Et de quel genre d'aide auriez-vous besoin, d'après elle ?

— Je ne sais pas. Elle n'a peut-être pas pu résister à son envie de me donner un coup de main. Vous savez comment sont les gens qui ont besoin d'aider les autres. Ils vous imposent leur secours quoi qu'il advienne. » Un peu hésitante, elle se rappela une de ses lectures. « Vous savez ce que disait Proust ? Il disait que "nous remplissons l'apparence physique de l'être que nous voyons de toutes les notions que nous avons sur lui, et dans l'aspect total que nous nous représentons, ces notions ont certainement la plus grande part..." Donc si Mrs Thompson, en me voyant à la télévision, s'est mis dans la tête que j'avais besoin d'aide, et que cette notion lui apporte du réconfort, alors rien au monde ne saura la faire changer d'avis. »

Elle s'exprimait timidement, sans trop savoir si elle avait eu raison de citer Proust mot pour mot. Ulick ne donnait pas l'impression d'être une personne très littéraire : il risquait de croire qu'elle essayait de lui en mettre plein la vue.

Au contraire, l'air intrigué, il repoussa sa chaise et regarda Virginia avec quelque chose qui aurait pu devenir de l'intérêt, s'il s'y était autorisé.

« Je n'ai pas lu Proust, en fait. Dickens a été mon seul "grand auteur". Je n'ai du temps que pour Chandler, et encore, pas toujours. » Il s'exprimait avec la supériorité de ces gens débordés qui donnent des scrupules à ceux qui ont le loisir d'apprécier les arts quels qu'ils soient. Virginia se sentit mouchée. Elle rougit à nouveau, hors d'état de se soustraire au regard insistant qu'Ulick continuait à faire peser sur elle. Il alluma une cigarette, très vite – il semblait tout faire très vite, sauf parler –, et l'enfonça dans un embout en ambre. Puis, tâchant de la mettre à l'aise, il sourit.

« Ne me dites pas, Virginia, que vous vous cherchez ? Seigneur, c'est tellement lassant. Je connais une foule de filles comme ça. Elles paraissent littéralement épuisées.

— Qui a parlé de se chercher ? » répliqua Virginia. Son ton cassant la surprit.

« Personne. Je me demandais seulement à haute voix pourquoi vous aviez l'air si fatiguée.

— Je ne suis pas fatiguée. Ne vous tracassez donc pas.

— Oh, je me tracasse très peu. Pas assez, même. C'est un de mes défauts. » Il recracha sa fumée au-dessus de sa propre tête, et le nuage se désintégra avant d'atteindre Virginia. « Mrs Thompson m'a dit que vous veniez du Surrey.

— C'est exact.

— J'aurais presque pu le deviner.

— C'est censé être une insulte ?

— Pas vraiment. C'est juste que les filles du Surrey ont un truc. Je suis sorti avec une fille du Surrey, dans le temps, il y a des années. Elle vivait dans la banlieue de Guildford. Elle était délicieusement préservée. En vingt-trois ans, personne n'avait réussi à défaire le nœud de son foulard Hermès. Évidemment, aujourd'hui, la pauvre, elle a divorcé deux fois et carbure à l'héroïne. »

Virginia se redressa, appuya son menton sur ses poings serrés et afficha une mine très solennelle.

« Eh bien, je connais une fille de la banlieue de Guildford qui est restée vierge jusqu'à trente et un ans, pour finalement se faire violer par un correspondant américain à Piccadilly Circus.

— C'est vrai ? s'exclama Ulick, incrédule. Ça ne fait que souligner le handicap qui est le vôtre. La prudence que vous devez montrer. » Il consulta sa montre. « Et à propos de prudence, vous avez manqué le dernier train. »

En effet. Il était minuit passé. Mais, contrairement à ses récentes affirmations, Ulick était celui qui semblait se tracasser le plus.

« Vous ne feriez pas mieux d'avertir vos parents ?

— Oh, mes parents… » La tête de Virginia était un globe de liquide mouvant. Elle employa alors une formule très vulgaire qu'elle n'avait jamais utilisée de sa vie. « *Qu'ils aillent se faire foutre.* Il faut qu'ils se fassent à l'idée que je suis maintenant une adulte. »

Ulick sourit, mesurant sans doute ce que cette remarque avait dû coûter à la jeune femme.

« En tout cas, dit-il, j'ai une chambre d'amis. Vous y êtes la bienvenue si vous voulez. »

Virginia se mit à fouiller son siège pour retrouver ses gants.

« Merci, c'est-vraiment-très-aimable-à-vous », dit-elle en s'efforçant de détacher ses mots.

La maison d'Ulick faisait partie d'une rangée de maisons attenantes dont les grandes façades étroites présentaient des proportions élégantes. Dans la minuscule cour qui l'empêchait d'empiéter sur le trottoir poussait une vieille glycine dont les branches gériatriques, pitoyablement embijoutées de feuilles toutes neuves, grimpaient autour des deux fenêtres du rez-de-chaussée. L'arbre, Virginia en était sûre, désignait la maison d'Ulick comme la plus chère de la rue.

Ulick alluma les lumières dans l'entrée. C'était un vestibule étroit et haut de plafond, au sol pourvu d'épais tapis et aux murs tendus d'étoffes soyeuses. Une pile de lettres et de journaux intacts reposait sur une table cirée. L'atmosphère était asséchée par le chauffage central, les courtes bourrasques ou les furtifs rayons de soleil qui se faufilaient parfois par la porte n'ayant pas le temps de renouveler l'air ambiant.

Ulick passa le courrier en revue.

« Rien qui ne puisse attendre. Prenons un dernier petit verre et au lit. »

Il gravit d'un pas bondissant l'étroit escalier que recouvrait un luxueux tapis de haute laine. Virginia, derrière lui, trouvait chacune des marches incroyablement moelleuse sous ses pieds. Une curieuse sensation, qu'elle n'avait jamais éprouvée auparavant. Chez elle, les marches étaient des choses dures, au squelette à peine dissimulé par un malheureux tapis de corde aussi mince que du papier à cigarette.

Le salon, comme le vestibule, était une pièce étroite et sombre, des festons de soie grise à chaque bout, des étagères en acajou jusqu'au plafond, des lumières tellement tamisées qu'on était obligé d'en chercher la source.

Ulick, derrière une table en verre, leur servait à boire : quelqu'un avait mis de la glace dans la coupe en argent. Debout à quelques mètres de lui, chevilles serrées et les deux mains sur son sac, Virginia espérait que le whisky ne serait pas trop tassé.

« Cette maison est vraiment impressionnante, pour un célibataire, dit-elle.

— C'est sûr, pour un célibataire. » Ulick se tourna vers elle en lui tendant un verre tellement épais, orné de motifs tellement tarabiscotés, qu'il lui aurait éraflé la main. « Par pitié, enlevez-moi cet affreux manteau. Il me fait penser à ma vieille tante. »

Il dit cela gentiment mais, dans son trouble, Virginia dut lui rendre le verre pour arriver enfin à ôter son manteau. Se sentant toute nue dans son chemisier zurichois, elle s'écarta à nouveau de lui, tenant à deux mains le dangereux récipient, ne sachant trop que faire. Malgré le chauffage, elle frissonnait.

« Bon, allez... je vais vous jouer quelque chose. »

Ulick rejoignit le piano à queue rutilant, s'assit sur le tabouret de velours et fit courir sa main sur le clavier, pour chasser la poussière éventuelle. Virginia alla à la cheminée. Son marbre sculpté présentait des motifs aussi compliqués que ceux du verre : elle promena un doigt sur les étamines d'un lys glacial, et frissonna une fois de plus.

Ulick tapotait négligemment les touches.

« Autrefois je jouais des heures tous les jours. Plus le temps aujourd'hui. » De nouveau, à l'entendre, on avait l'impression que sa vie trépidante était pour lui moins un motif de regret que de fierté. « En tout cas, j'aime jouer pour les gens. Je suis atrocement frimeur. » Il attaqua sur un rythme saccadé différents airs des années 1920, fredonnant imperceptiblement faux, et chantonnant de temps à autre quelques paroles qui lui revenaient.

Virginia, près de la cheminée, but une gorgée, posa son verre, puis se mit à balancer en cadence une de ses jambes, en partant de la hanche. Ulick la regardait.

« Vous avez de jolies jambes. Vous avez fait des exercices à la barre, non ?

— En effet. Je voulais être ballerine, après avoir vu *Les Chaussons rouges*, il y a des années. J'ai pris des cours. À Guildford, bien sûr. » Sa jupe de flanelle grise, malgré son pli creux, gênait ses mouvements. Elle la remonta au-dessus de ses genoux. « Aux yeux de ma mère, je valais presque Margot Fonteyn au bout de trois leçons. Mais un an plus tard on m'a annoncé que je ne réussirais jamais. J'étais trop raide. "Vous ne devez pas vous *raccrocher* comme une perdue à la musique, disait mon professeur. Vous devez vous *laisser aller* avec elle." J'ai compris que je n'apprendrais jamais à me laisser aller, et j'ai abandonné. »

Ulick continuait à jouer, regardant la jambe mince de Virginia, fuselée dans son collant, osciller tel un métronome au rythme de sa musique de bastringue.

« Vous avez voulu être quoi, du coup ?

— Danseuse de claquettes, après avoir vu un vieux film de Fred Astaire. »

Ulick se mit à jouer *I've Got You On My Mind* et Virginia esquissa quelques pas de claquettes sur la dalle de marbre devant la cheminée. Ses talons émettaient de petits clics à peine audibles. Puis, s'éloignant de sa piste de danse miniature, bras en croix, pareille à un papillon de nuit, elle se mit à tournoyer, pour arriver jusqu'au piano. Là, légèrement essoufflée, elle croisa les bras sur le couvercle de l'instrument.

« Oh, je peux être très gaie, parfois, affirma-t-elle. C'est ridicule, non, deux verres ou plus… enfin, plus de deux alcools, et j'ai envie de danser. Je crois que je suis complètement saoule.

— Je vous aime bien quand vous êtes saoule, alors, déclara Ulick.

— Et quand je suis un tout petit peu saoule, ce qui n'arrive pas très souvent, à vrai dire, je me sens un vrai caméléon. Quel que soit l'endroit où je me trouve, quelle que soit la personne avec qui je suis, j'ai l'impression de réussir à m'adapter parfaitement, totalement. C'est un effort, dans ces moments-là, de me convaincre qu'en réalité je suis Virginia Fly, d'Acacia Avenue, dans le Surrey : enseignante médiocre, fille loyale, vie monotone et ainsi de suite. Je me fonds complètement dans le présent. » Elle réfléchit quelques secondes. « Et donc, en cet instant, il m'est impossible de croire que cette pièce ne m'est pas familière, que je n'habite pas ici depuis des années, non pas *avec* vous, mais à votre place, dans votre peau... » Ulick avait cessé de jouer et écoutait. « Je veux dire, rien que de m'avoir montré un peu votre intérieur, et de m'avoir parlé un moment, cela m'a permis de m'imaginer votre vie d'une façon si précise que j'ai l'impression que c'est la mienne.

— Une forme d'évasion très ancienne, commenta Ulick. Ça vous passera. » Il lui toucha la joue, plus tendrement qu'au restaurant. « Au moins vous avez pris des couleurs. Merci la danse ! » Il se leva et rabattit brutalement le couvercle du piano. « Maintenant, au lit », décréta-t-il.

Virginia le suivit à l'étage supérieur, où les tapis étaient tout aussi épais qu'en bas. Il la conduisit dans une petite pièce cubique dont les murs et le plafond étaient tendus de feutre marron foncé. Un des murs semblait entièrement constitué de placards : le feutre était fixé le long des bordures par des centaines de petits clous en laiton. Les rideaux et les tapis étaient couleur orange brûlée, le dessus-de-lit en tweed fait sur mesure. Tout cela sentait le luxe.

« Mon dressing, expliqua Ulick. J'espère que vous serez bien. La salle de bains, c'est la première porte à gauche. » Il lui frotta le sommet du crâne. « Je serai parti bien avant que vous vous réveilliez demain matin, alors, pour le petit déjeuner, n'hésitez pas à vous servir.

— Merci, dit Virginia, mais je n'en prendrai pas. Et puis merci aussi pour le dîner. »

Ulick se tenait à la porte, à un mètre d'elle. Elle eut froid à nouveau.

« Il y a de l'aspirine, au cas où il vous en faudrait demain matin, dans l'armoire de la salle de bains. » Il sourit. « Et merci d'avoir dansé pour moi. » Il ferma la porte en feutre marron.

Seule dans la pièce, Virginia chercha des traces de son propriétaire. À part une brosse à cheveux en ébène, il n'y en avait aucune. Elle rabattit le dessus-de-lit. Des draps orange assortis aux rideaux : brillants, froids. Monogramme sur les taies d'oreiller. Elle se déshabilla. Une fois nue, savourant le contact des tapis moelleux sous ses pieds déchaussés, elle gagna les placards et ouvrit une des portes. Une lumière s'alluma soudain, éclairant une tringle chargée de nombreux costumes : foncés, clairs, en tweed, en velours – il y en avait dix-sept. Elle les compta. Dans un autre placard, les étagères accueillaient d'un côté des chemises en soie aux teintes pastel, de l'autre des chemises d'un genre plus flamboyant. Sans oublier soixante et onze magnifiques cravates et onze paires de chaussures en cuir souple.

Toutes les portes de placard désormais ouvertes, Virginia s'assit sur le lit et contempla la garde-robe devant elle. Elle soupira. Dans le placard de son père, il y avait les trois costumes qu'elle connaissait bien : son beau complet d'été, son beau complet d'hiver, et son gris de tous les jours. Quatre ou cinq cravates, trois paires de chaussures. Ici, on aurait dit une boutique.

« On dirait une foutue boutique », lança-t-elle tout haut. Elle essaya de claquer les portes mais elles ne firent aucun bruit. Elle se mit au lit. Sauf qu'elle n'avait pas du tout sommeil. Sur la table de nuit étaient posés trois livres : *Précis de la flore anglaise en couleurs, Le Mental du millionnaire* et un roman de Chandler. Elle opta pour les fleurs.

Quelques instants plus tard elle crut entendre Ulick fermer une porte dans le couloir. Son cœur s'emballa ; ses pieds, soudain brûlants, tâtonnèrent pour trouver une zone de drap frais. Elle scruta la poignée en laiton de sa propre porte, s'attendant à la voir tourner, mais il n'en fut rien. Sans prendre la peine de sortir du lit, comme elle le faisait normalement chez elle, elle marmonna une variante de sa prière habituelle : *S'il vous plaît, mon Dieu, faites qu'il revienne, et qu'il soit doux avec moi. S'il vous plaît, mon Dieu : après tout, il a bien aimé mes jambes...*

Mais il ne vint pas, et Virginia se lassa d'attendre. Elle se résigna à étudier la flore britannique la majeure partie de la nuit.

Le lendemain matin, dans la petite cuisine éblouissante d'Ulick, Virginia trouva un mot disant qu'il espérait qu'elle avait passé une bonne nuit et qu'elle allait se préparer un bon petit déjeuner. Il ajoutait qu'il aimerait bien qu'elle lui note son numéro de téléphone, et qu'il lui laissait une livre pour le taxi jusqu'à la gare. C'était quand même sa faute si elle avait manqué le train...

Le soleil dans la cuisine lui faisait mal aux yeux, et son cœur palpitait. Bien qu'elle ait déclaré la veille qu'elle ne prendrait pas la peine de déjeuner, elle mit à bouillir le seul et unique œuf qu'elle trouva dans le gigantesque frigo presque vide, et se fit un café soluble. Clignant des yeux, elle constata que la cuisine était aussi impersonnelle que les autres pièces qu'elle avait vues : pas de tablier sur le clou, pas de livres de recettes, de vieilles listes de courses ni de factures d'épicerie. On aurait cru que quelqu'un était entré dans la maison et avait effacé tous les indices pouvant trahir la personnalité de son occupant. Ou bien peut-être Ulick avait-il simplement donné carte blanche à un décorateur, qui n'avait pas estimé de son devoir de fournir des accessoires plus révélateurs. Virginia s'interrogea sur Ulick. Contrairement à hier soir, où elle éprouvait si clairement la sensation d'être dans sa peau, où elle savait ce que cela faisait d'habiter cette maison, il lui semblait aujourd'hui que l'un comme l'autre lui étaient totalement étrangers. Elle était curieuse à l'égard d'Ulick et de sa maison, mais elle avait envie de s'en aller.

Une fois avalé son œuf insipide, elle se servit de son crayon à sourcils pour écrire un *merci* sur la table en formica, en laissant l'argent à côté. Elle enfila ses gants et referma l'épaisse porte d'entrée derrière elle. Sous le soleil éclatant, la glycine s'avérait encore plus somptueuse qu'elle ne le paraissait à minuit. Quelque chose dans cette glycine poussa Virginia à se raviser, et à renoncer au taxi qu'elle avait eu l'intention de prendre. Surprise par la dureté des trottoirs, après les luxueux tapis d'Ulick, elle attaqua la longue marche en direction de la gare de Waterloo.

Chapitre 7

Virginia Fly ne partageait pas l'enthousiasme de ses élèves pour les vacances. À ses yeux, ces dernières constituaient une coupure fastidieuse. Pendant le trimestre, le travail était dur et monotone, mais au moins la protégeait-il des observations sans fin de sa mère. Et lors de ces vacances-ci, entre la rupture avec Charlie, la nouvelle amie de Virginia, Mrs Thompson, et la nuit mystérieuse que sa fille avait passée à Londres, Mrs Fly avait largement de quoi méditer à voix haute.

Tout comme elle avait coutume d'assigner à ses élèves un devoir de vacances, de son côté, elle s'assignait avec solennité un plaisir de vacances. Cette fois, ce serait *Middlemarch* et les lettres de Van Gogh. Les livres lui apportaient une évasion toute relative. À peine s'était-elle installée pour lire dans sa chambre après le petit déjeuner que sa mère l'appela :

« Un café, Ginny ?

— Non merci.

— Tout va bien ?

— Oui merci.

— Tu voudras du hachis Parmentier au déjeuner ?

— Super.

— Je ne t'entends pas. »

Virginia posa son livre et se rendit en haut de l'escalier.

« J'ai dit super.

— Je pars faire les courses, alors. Besoin de quelque chose ?

— Non merci.

— À tout à l'heure. »

Même les courses de Mrs Fly ne laissaient pas à Virginia plus d'une demi-heure de tranquillité. Elle préférait aller au magasin au bout de la rue trois fois par semaine pour acheter chaque fois quelques articles, plutôt que d'effectuer une seule grosse expédition. Son mari comme sa fille lui avaient fait remarquer que c'était une manière peu rentable de ménager ses forces, mais c'était, disait-elle, sa manière à elle de procéder. Elle avait toujours fait les courses comme ça, il était trop tard pour qu'elle change, et quoi qu'il en soit elle aimait bien ces petites promenades.

Ainsi, quand, beaucoup trop tôt, recommencèrent les petits bruits secs et efficaces que faisait Mrs Fly dans la cuisine, Virginia referma-t-elle son livre avec humeur et décida-t-elle de sortir faire un tour. Pour éviter à sa mère l'angoisse qu'elle aurait à coup sûr éprouvée en trouvant la chambre de sa fille désertée, Virginia fit l'effort de passer par la cuisine.

« Je sors faire un petit tour avant le déjeuner. »

Mrs Fly était en train de libérer ses maigres achats de leur filet. Une demi-livre de viande hachée, une livre de pommes de terre, une boîte d'abricots.

« Eh bien, j'ai acheté de la viande hachée, des pommes de terre, et des abricots pour faire une bonne tarte. Avec ça, on devrait tenir jusqu'à ce soir. Fais attention à ne pas attraper froid. Le vent est un peu frisquet. »

Virginia traversa le jardin pour rejoindre le pré communal. Le pâle soleil d'avril était plutôt chaud et la brise, loin d'être mordante, était à peine assez forte pour faire ployer les quelques jonquilles anémiques qui avaient survécu aux implacables méthodes de jardinage de Mr Fly.

Elle fit sa promenade habituelle : empruntant le sentier de terre, elle gravit la mini-colline, qu'elle méprisait un peu pour sa forme trop policée, et pénétra dans le bosquet. Partout les fougères commençaient à dérouler leurs petits poings d'un vert vif ; l'humus de l'été dernier avait pourri avec les feuilles d'automne, et l'on entendait des oiseaux s'agiter dans les branches. Bien que Virginia ait fait cette promenade des centaines de fois, en toutes saisons, elle se trouvait presque aussi surprise et enchantée par les changements environnants que du temps de son enfance.

Un énorme chêne à l'endroit le plus élevé du bosquet marquait le terme de sa promenade routinière. Des années plus tôt, ses branches avaient constitué son refuge secret. Elle avait passé bien des après-midi, munie d'un livre, dans cet univers de verdure bruissante que personne ne soupçonnait, heureuse de simplement contempler sur le feuillage les motifs changeants du soleil. Aujourd'hui, l'arbre n'était plus inconnu, sa partie inférieure tout du moins. Le conseil municipal avait mis un panneau sur une grand-route voisine pour inciter les automobilistes à rejoindre « l'aire de pique-nique » située sous ses frondaisons et, histoire de les encourager encore davantage, on avait doté les lieux d'une table en bois assortie de ses bancs, ainsi que d'une poubelle. Mais pour l'heure le secteur était désert, et la poubelle vide. Elle gagna le tronc de l'arbre, appliqua sa main sur une portion d'écorce non gravée d'initiales, et leva les yeux vers la tour énorme que formaient ses branches, toutes brumeuses de feuilles tendres.

« Virginia Fly, dit-elle tout haut, mais que va-t-il advenir de toi ? »

Aussi loin qu'elle se souvienne, Virginia s'était, par intervalles, adressé des questions à voix haute. Il s'agissait toujours de questions auxquelles elle était incapable de répondre, et il ne lui était jamais venu à l'idée d'essayer. Les poser était une consolation en soi. Se sentant requinquée, et un peu ridicule, comme toujours dans ces cas-là, elle quitta l'aire de pique-nique et repensa à la glycine d'Ulick Brand.

Le trajet de retour était nettement moins agréable. À peine sortie du petit bois pour redescendre le coteau, qu'on ne pouvait pas qualifier de vallée, elle avait sous les yeux l'arrière des vilaines maisons d'Acacia Avenue, avec leurs misérables bouts de jardin plantés de leurs sinistres massifs de lauriers et de rhododendrons. En partant, on pouvait presque s'imaginer à la campagne. En revenant, l'illusion était impossible.

Chaque jour des vacances Virginia redoutait le déjeuner en tête à tête avec Mrs Fly. Ce repas l'exposait à tous les soupçons, toutes les suppositions et toutes les spéculations les plus folles de sa mère. Aujourd'hui, c'était Ulick Brand qui la préoccupait.

« Comment as-tu dit que s'appelait le Chinois avec qui tu es sortie il y a quinze jours ? » Elle servit à Virginia la partie la plus croustillante du hachis pour mieux l'amadouer.

« Je n'ai pas dit qu'il était chinois. J'ai dit que nous étions allés dans un restaurant chinois.

— Enfin, non pas que ça me dérangerait, bien sûr. Tu me connais, avec ma largeur d'esprit... Tant que tu ne nous ramènes pas un Chinois comme mari !

— Étant donné que je ne connais pas de Chinois, il y a assez peu de risques.

— Enfin, de toute façon, en ce qui me concerne, je n'ai jamais compris cette mode du chop suey. »

Agacée par le radotage obstiné de sa mère, Virginia rompit le silence qui suivit.

« J'ai dit que l'homme avec qui j'avais dîné ce soir-là était un ami de Mrs Thompson.

— Au temps pour moi ! C'est vrai, tu me l'avais dit. Fichue mémoire. Je m'emmêle les pinceaux avec tous tes amis. » Elle fouilla les commissures de ses lèvres avec un minuscule coin de serviette, essuyant les infimes parcelles de hachis qui s'y étaient accumulées. Le raffinement de ce geste familier mettait Virginia dans une telle fureur qu'au fil des années elle s'était arrangée pour détourner le regard au moment où sa mère attrapait sa serviette sur ses genoux. « À propos de Mrs Thompson », reprit Mrs Fly, avant de se taire. Elle s'empara de son verre d'eau et but une si petite gorgée qu'elle n'aurait pas rempli la moitié d'un dé à coudre. Afin de souligner l'importance de son annonce, Mrs Fly prolongea son silence plusieurs secondes encore.

« À propos de Mrs Thompson, reprit-elle enfin, elle a téléphoné ce matin. Pendant ta promenade. » Elle attendit chez Virginia une réaction qui ne vint pas.

« Elle a demandé comment tu allais, bien sûr, et si tu comptais venir bientôt à Londres. Elle voulait que tu passes déjeuner ou dîner. Nous avons bien bavardé. » Elle se tut. Virginia s'employa longuement à extraire un abricot de son lit de crème pâtissière.

« Ah ? Je la rappellerai ce soir.

— Pas la peine, répondit Mrs Fly. Elle vient dimanche passer la journée. Je l'ai invitée. Oui, je me disais que ça te ferait plaisir, et ton père et moi aimerions faire sa connaissance. Nous aimons rencontrer tes amis. »

Virginia ne dit rien, mais regarda sa mère bien en face. Cette fois elle avait de la crème pâtissière aux coins de la bouche.

« Je préférerais que tu ne combines rien avec mes amis, lâcha-t-elle enfin.

— Mais je croyais que tu serais ravie. Je pensais agir pour le mieux...

— Exactement. Tu penses toujours agir pour le mieux.

— Je me fais une joie de rencontrer Mrs Thompson. Elle a forcément très bon cœur pour écrire à quelqu'un qu'elle a vu à la télé et l'inviter à sortir.

— Il se peut qu'elle ne te plaise pas. Elle n'est pas vraiment ton genre d'amie.

— Que veux-tu dire par là ?

— Elle a une dégaine un peu voyante pour toi. Et elle parle beaucoup.

— Ce n'est pas parce que, moi, je ne m'habille pas avec extravagance que je n'admire pas cette audace chez les autres. » Mrs Fly chercha les deux angles épargnés sur sa serviette pour régler son compte à la crème pâtissière. « Enfin, nous verrons. »

Loin d'être dissuadée par la mise en garde de Virginia, Mrs Fly était plus résolue que jamais à apprécier l'amie de sa fille. Sa conviction s'enracina. Le samedi, celle-ci serait si bien implantée que, quel que soit son personnage, Mrs Thompson pouvait être assurée de l'accueil chaleureux de Mrs Fly.

Impatiente, Mrs Thompson passa la plus grande partie de la semaine dans un état de joyeuse fébrilité. Elle appela son amie Mrs Baxter presque toutes les heures pour discuter des détails de l'excursion, et quand vint leur soirée habituelle du mardi soir, elle se révéla incapable de parler d'autre chose. Mrs Baxter, de son côté, se montra anormalement tolérante. Elle était jalouse des verres de vin colorés de Mrs Thompson, de sa vieille cape d'hermine et de son exemplaire signé des mémoires de guerre de son employeur, le général. Mais elle n'était pas jalouse d'une journée dans le Surrey : elle se serait mise en quatre pour éviter pareille épreuve. Toute expédition au-delà de Barnes équivalait pour elle à s'aventurer dans des contrées sauvages : elle n'était à son aise que quand elle avait un trottoir solide sous ses pieds. Néanmoins, si l'idée d'une journée chez les Fly, qui que puissent être ces gens, procurait à Mrs Thompson un quelconque plaisir – et, de fait, son amie paraissait incroyablement excitée –, alors elle, Mrs Baxter, n'allait certes pas lui casser le moral. Et puis, le sujet offrait un changement de conversation qui n'était pas désagréable.

D'instinct, Mrs Thompson n'aimait pas plus la campagne que Mrs Baxter. Elle avait peu d'expérience en la matière : un pique-nique au bord de la route de temps en temps avec Bill, quelques week-ends chez un oncle agriculteur dans le Worcestershire, un atroce périple dans la région des Lacs avec sa mère vieillissante... aucune de ces équipées ne lui avait laissé un souvenir plaisant. Son souci du moment, à la perspective d'une journée champêtre, était de savoir ce qu'elle allait se mettre sur le dos. Sa garde-robe ne comprenait ni les vestes de tweed ni les chaussures de marche qui, selon elle, s'imposaient. Et Mrs Baxter ne s'avérait pas d'une aide très constructive.

« Il ne faudrait pas que vous vous fassiez trop remarquer au milieu de tous ces verts », la prévint-elle. Dans son esprit, le Surrey était une jungle... « Et pas question de porter un chapeau à plume. Ça fait peur aux oiseaux.

— Et cette robe en jersey couleur rouille ? » Mrs Thompson posait devant son miroir en pied, tenant contre elle une robe défraîchie. « Je pourrais l'améliorer avec ma broche en corail.

— Surtout pas, ma chère, protesta Mrs Baxter. Il ne faut jamais améliorer ses tenues à la campagne. Plutôt le contraire, croyez-moi.

— Vous avez tout à fait raison », acquiesça Mrs Thompson. C'était là une énorme concession de sa part. Le piquant de sa relation avec Mrs Baxter consistait à toujours lui demander des conseils, mais à ne jamais les suivre. « Vous avez tout à fait raison. Je me passerai de bijoux ce jour-là. » Mrs Baxter resta muette de stupeur : il était rarissime que son amie soit d'accord avec elle. Sa voix sortit, toute fluette :

« Mais oui, c'est ce qu'il faut, ma chère. Comme je vous l'ai dit, ce serait malvenu... des bijoux seraient complètement malvenus, à la campagne. »

C'était une des meilleures soirées qu'elles aient jamais passées ensemble.

Plus tard, Mrs Thompson suspendit la robe couleur rouille à l'extérieur de son placard, la repassa plusieurs fois pour bien la défriper, cira ses chaussures marron, regarnit son poudrier, se fit une mise en plis et ne se plaignit pas quand Jo le locataire mit sa musique trop fort. Elle ne l'aurait jamais avoué, même à Mrs Baxter, mais pour une étrange raison elle se sentait aussi excitée qu'une enfant.

Le dimanche matin, Ted Fly finit par annoncer à sa femme un projet qu'il mijotait depuis le début de la semaine : ce dimanche était le jour rêvé pour aller voir une tondeuse d'occasion à Hastings. Mrs Fly était scandalisée.

« Mais Mrs Thompson vient aujourd'hui.

— Je sais.

— Choisir justement ce jour-là pour aller voir une tondeuse ! Mrs Thompson vient de *Londres*, tu sais.

— J'irai la chercher à la gare. Je partirai une fois qu'elle sera tranquillement installée.

— On a pourtant parlé de sa visite toute la semaine, non ?

— Toi, oui.

— Enfin, tout de même... Qu'est-ce qu'elle va penser ?

— Elle pensera qu'il faut que j'aille voir une tondeuse. » Mrs Fly renifla. Une sorte d'instinct dictait à son mari de ne pas flancher. « Il y a une très bonne machine proposée pour dix livres. Ce serait idiot de louper ça... » Il ne céderait pas, mais la mine de sa femme le perturbait quand même. « Je serai rentré à temps pour la ramener à la gare, ne t'inquiète pas.

— Tu as intérêt. » Mrs Fly reposa violemment son tricot sur ses genoux. Elle était mauvaise perdante. Mais quand Ted se braquait, elle savait qu'il n'y avait pas moyen de le faire changer d'avis. Après tout, tant pis pour lui, s'il voulait manquer une journée aussi agréable.

Dès que Mrs Thompson fut montée dans sa voiture, Mr Fly lui exposa la situation. Il lui fit bien comprendre que, si fâcheux que ce soit, il devait impérativement se rendre à Hastings. Le prix du matériel de jardinage n'arrêtait pas de grimper, et ce serait vraiment idiot, non, de laisser passer une aussi bonne affaire ? Mrs Thompson acquiesça. L'homme était tellement charmant, tellement soucieux… c'était sûrement de ce père que Virginia tenait ses manières délicates. Mrs Thompson n'aurait jamais pensé que le voyage urgent de son hôte puisse avoir des motifs suspects. Il avait l'air du parfait gentleman.

En s'absentant ainsi plusieurs heures, Mr Fly essayait simplement de faciliter les choses à tout le monde. Il savait d'expérience que quand sa femme recevait une amie, lui-même devenait quantité négligeable. Sa présence paraissait importune. Ses opinions, si on les lui demandait, étaient automatiquement contredites, et ses propositions de coups de main, pour faire la vaisselle, préparer le thé ou quoi que ce soit d'autre, systématiquement rejetées. Dès que l'amie s'en allait, bien sûr, les choses revenaient à la normale. Mrs Fly ergotait et soliloquait, mais retrouvait sa cordialité. Elle n'avait nullement conscience d'avoir été un tant soit peu différente durant la journée. Bienveillant, Mr Fly attribuait l'étrange conduite de sa femme à la nervosité. Elle ne se rendait pas compte. N'empêche, c'était troublant et, dans le passé, ç'avait été blessant. Il avait donc trouvé la solution : invoquer un prétexte infaillible pour s'éclipser, et s'y tenir. À vrai dire, autant qu'il put en juger d'après le trajet depuis la gare, Mrs Thompson était sympathique. Compréhensive. Elle avait d'ailleurs dû être assez belle, autrefois. L'espace d'un instant, il regretta presque d'avoir insisté à ce point au sujet de la tondeuse. Mais dès que sa femme vint à la rencontre de Mrs Thompson, lui prenant le bras pour la guider vers le salon, ce regret s'évanouit. Personne ne lui dit au revoir. Il déguerpit.

Mrs Fly avait tout organisé avec sa précision coutumière. Présumant que le train ne serait pas en retard, et que son mari reviendrait de la gare à une vitesse moyenne, elle se débrouilla pour que le café soit prêt au moment exact où la voiture s'arrêtait devant le portail. Se précipitant dans le salon avec son plateau superbement chargé de serviettes à fanfreluches, de porcelaine de Dresde, de sablés glacés et de petites fourchettes au cas où, elle arriva calmement à la porte d'entrée tandis que Mrs Thompson franchissait le portail.

Elle avait beau savoir que son invitée habitait Ealing, Mrs Fly était persuadée, sans la moindre preuve factuelle, que Mrs Thompson était originaire d'un meilleur quartier. Elle avait dû grandir aux alentours de Belgrave Square ou du palais de Buckingham… Évidemment, aujourd'hui, des tas de gens quittaient le centre de Londres : c'était compréhensible. Et puis, étant veuve, Mrs Thompson ne jouissait sans doute plus de la même aisance qu'auparavant. Néanmoins, quelle que soit son adresse actuelle, Mrs Thompson, on le devinait rien qu'à sa façon de remonter la petite allée, était une femme *de bonne famille*. Mrs Fly retroussa les lèvres, prête à leur imprimer un sourire de bienvenue. Elle veillerait à ce que Mrs Thompson se sente au mieux sous son toit.

Mrs Thompson, de son côté, se délectait de chaque seconde. Mr et Mrs Fly, ainsi que leur maison, dépassaient ses espérances. L'atmosphère chaleureuse et douillette la remplit de bien-être. Sans compter que le choix de la robe rouille avait été le bon : Mrs Fly portait elle aussi une robe en jersey, vert olive, avec une petite broche en opale sur le col. Ce détail lui inspira un unique remords : elle n'aurait pas dû écouter Mrs Baxter au sujet de la broche en corail. Elle aurait dû la mettre. Peu importe. C'était une broutille.

Les deux femmes s'assirent côte à côte sur le canapé en tweed ; le soleil brillait sur la porcelaine et de puissants effluves d'un parfum aux œillets émanaient de Mrs Thompson. Virginia, assise en face d'elles dans un fauteuil, ne put s'empêcher de sourire devant le contraste qu'offraient les deux femmes. Si elle fermait à demi les yeux, leurs têtes ressemblaient à deux étranges ballons accrochés au plafond. L'un, visage flou aux traits quelconques, poudré autour de la bouche, avec des cheveux bruns entortillés au bout à la manière d'un parchemin ; l'autre, visage radieux presque aseptisé, durci plus qu'adouci par un maquillage soigné, des rides convexes encadrant les lèvres, une houppette blonde de cheveux laqués, un cou fripé. Les têtes oscillaient dans les airs en se souriant : le sourire de Mrs Fly dévoilait des gencives rose saumon frangées de fausses dents nacrées. Celui de Mrs Thompson était plus accidenté. Son rouge à lèvres prune faisait paraître ses dents moins ocre qu'elles n'étaient en réalité, mais quand elle riait, les plombages en or et autres bridges qu'on entrevoyait révélaient l'état précaire qui était aujourd'hui le leur.

« C'est vraiment amusant, non, la façon dont tout cela s'est passé ? disait-elle. On ne peut jamais savoir, n'est-ce pas ?

— Non, on ne peut jamais savoir, confirma Mrs Fly.

— Et qu'est-il advenu de... je brûlais d'envie de savoir... qu'est-il advenu de Virginia et Ulick ? » Mrs Thompson adressait la question à Mrs Fly, sans regarder Virginia.

« Ulick ? Ah oui. Le fameux Mr Brand. Je m'emmêle les pinceaux avec tous ses amis. Pas vrai, Ginny ? Qu'est-il advenu d'Ulick ? Ils sont allés dans un restaurant chinois. C'est Ginny qui a voulu, paraît-il. Personnellement, je ne vois pas comment on peut se contenter de ces petites portions.

— Moi non plus », admit Mrs Thompson. Elle se tourna vers Virginia. « Allons, Ginny. Assez de mystères. Qu'est-ce que vous fabriquez, vous et Ulick ? » Elle cligna de l'œil que ne pouvait pas voir Mrs Fly. Un clin d'œil qui disait que, quoi qu'ils puissent fabriquer, elle était pour…

« Je n'ai pas eu de nouvelles de lui, répondit Virginia. Il n'y avait pas de raison que j'en aie. » Mrs Thompson sembla dépitée.

« Oh, mais je suis sûre qu'il donnera suite à cette rencontre. Les jeunes gens sont tellement imprévisibles par les temps qui courent. C'est tout le problème avec eux. »

Déjà Mrs Fly commençait à trouver que Mrs Thompson et elle s'entendaient à merveille. Elles se comprenaient. Elles avaient la même vision des choses. Constatant cette harmonie, Mrs Fly sentit son sang s'embraser dans l'ensemble de son corps – l'impression d'une vague qui monte –, et ses joues, terreuses en temps normal, prirent peu à peu la couleur d'une prune veloutée. Les mains un peu tremblantes, elle offrit une cigarette à Mrs Thompson. Les extrémités de ses doigts étaient rouge vif. Elle baissa légèrement la voix, s'étant rendu compte qu'elle parlait plus fort depuis l'arrivée de son invitée.

« Ce qu'il y a avec Ginny, c'est qu'elle ne se donne jamais de mal, pas vrai, Ginny ? Elle ne se décarcasse pas, si vous voyez ce que je veux dire. »

D'une faible inclinaison de la tête qui n'indiquait nullement qu'elle prenait parti contre Virginia, Mrs Thompson signifia qu'elle voyait très bien ce que voulait dire Mrs Fly.

Une heure plus tard, elles s'appelaient par leurs prénoms Ruth et Rita, et Virginia écoutait toujours. Pour rompre la monotonie, elle se leva et leur servit deux petits verres de sherry demi-sec.

« Ah ! s'exclama Mrs Thompson. Pile la marque qu'Ulick m'offre quand je refuse un gin. » Elle avala le verre d'un trait. Ce degré de sophistication déstabilisa Mrs Fly qui, comme d'habitude, dégustait son verre par petites gorgées ridicules. Refusant d'être en reste, elle le sirota un peu plus vite.

Virginia, présageant qu'on allait s'appesantir une fois de plus sur le cas Ulick Brand, décida de se retirer. La maison, la glycine, le piano, le dressing, le visage, les boutons de manchettes en or et le petit sourire d'Ulick lui avaient un peu trop occupé l'esprit ces derniers temps. Elle avait essayé de bannir ces pensées, mais elles avaient persisté. Cette nuit elle avait rêvé de lui. Ils jouaient en duo sur son piano, s'embrassant à la fin de chaque mesure. Encore maintenant, à midi, elle pouvait sentir ses lèvres sur les siennes. Elle n'avait aucune envie d'entendre à nouveau parler de lui. Sans bruit elle quitta la pièce et monta à l'étage chercher son porte-monnaie. Un plan machiavélique lui était venu, qui pourrait peut-être ajouter du piment à cette journée si assommante.

Lorsqu'elle revint à l'heure du déjeuner, la moitié de la bouteille de sherry avait été vidée. Sa mère et sa nouvelle amie étaient assises à la table de la cuisine, Mrs Fly écossant les petits pois pendant que Mrs Thompson fumait en laissant tomber ses cendres par terre – manie que, chez la plupart des gens, sa mère aurait jugée intolérable.

Virginia rapportait un paquet qu'elle déballa.

« J'ai acheté une bouteille, annonça-t-elle, pleine de gaieté. Pour fêter l'événement. » Elle posa sur la table une bouteille de Mateus rosé.

« Oh ! s'écria sa mère, poussant un petit cri de triomphe. Mon préféré. Comme c'est gentil à toi, ma chérie. »

Mrs Thompson caressa l'étiquette de la bouteille.

« Je suppose, Rita, qu'avec la vie que vous menez vous vous accordez un petit verre de vin au déjeuner tous les jours ? »

Mrs Thompson hésita.

« Euh, parfois oui, parfois non, avoua-t-elle. Ça dépend. Bien sûr, dans le temps, avec Bill, nous débouchions une demi-bouteille de champagne tous les dimanches matin à onze heures.

— C'est vrai ? » lâcha Mrs Fly, pour le coup assez impressionnée.

Au déjeuner, Virginia se limita à un seul verre de vin. Ses compagnes en burent plusieurs, mais il restait pourtant un quart de la bouteille. Mrs Fly suggéra qu'elles la finissent avec le café.

À ce moment-là, dans le salon, toutes deux étaient d'excellente humeur. Elles rapprochèrent leurs fauteuils des portes-fenêtres, qu'elles ouvrirent. Une chaude brise pénétra dans la pièce. Le ciel, sans nuages, était bleu-gris ; les petites collines du Surrey avaient beau virer au vert tendre printanier, Virginia les trouvait quand même déprimantes.

« Ah, mais quel délice ! Quel délice ! soupira Mrs Thompson, s'affalant lourdement dans son fauteuil. Cette douceur de l'air… ça me rappelle Monte-Carlo. »

Si Mrs Fly considérait que sa nouvelle amie exagérait un peu, elle n'en montra rien.

« Bien sûr, reprit-elle, faisant soudain le lien, vous deviez être une *débutante* ? »

Mrs Thompson eut un large sourire, les yeux étincelants.

« C'est que, à cette époque-là, vous savez, les débutantes étaient réellement des débutantes.

— Ah ça oui ! » Mrs Fly voulut applaudir, mais rata son effet. Les doigts d'une main glissèrent dans la paume de l'autre, ne produisant pratiquement aucun bruit. « Tenez, je me souviens, je découpais toujours les photos de toutes ces belles jeunes filles avec leurs plumes d'autruche au moment de leur présentation à la cour.

— Les plumes d'autruche... les fameuses plumes d'autruche », murmura Mrs Thompson. Elle étira ses jambes devant elle. Ses bas firent des plis sur ses genoux.

« Mrs Thompson prenait souvent le thé au Ritz, dit Virginia à sa mère, rompant ce silence plein de nostalgie.

— Au Ritz Piccadilly ? » Mrs Fly sentit un nouvel afflux de sang brûlant dans l'ensemble de son corps et rendit grâce à la petite brise. C'est drôle comme les mots sortaient parfois d'une traite, songea-t-elle, sans qu'on ait le temps de les détacher.

Mrs Thompson réussit à prendre un ton modeste.

« Oh, vous savez, le Ritz était le lieu par excellence où prendre le thé. Une véritable institution. J'adorais le Ritz. Le théâtre, aussi. Les salles de théâtre. Tous ces velours, toutes ces boutonnières fleuries. Et puis souper après le spectacle dans un endroit où on pouvait danser.

— Au Savoy ? » Mrs Fly avait lu des articles sur les bals du Savoy, et la question lui vint spontanément.

« Des endroits comme ça. » Mrs Thompson contemplait la bande de pelouse sous-alimentée, les yeux voilés par le souvenir de cet âge d'or. « Et puis mon cavalier me raccompagnait, et nous buvions un petit verre et branchions le phonographe. » Elle se tut, avant d'ajouter : « Ah, je pourrais vous en raconter, des choses. »

Mrs Fly osa insister.

« Vous voulez dire que vous aviez votre appartement à vous ?

— J'avais mon appartement à moi.

— Vous deviez être très fortunée. » Mrs Thompson réfléchit. Puis elle déclara :

« J'arrivais à vivre sur un grand pied, je dois l'admettre. » La brise était si douce, son visage si chaud et son esprit si élastique qu'il eût été facile d'admettre n'importe quoi.

« Mais je croyais que les débutantes, à cette époque, ne travaillaient pas ? » Mrs Fly, versant dans son verre les dernières gouttes du Mateus rosé, était troublée.

« Ah.

— Vous faisiez quoi, comme travail ? s'obstina Mrs Fly.

— Ah. » À nouveau, Mrs Thompson marqua une pause. « Je travaillais, dirons-nous, dans le divertissement.

— Le *show-business* ? J'ai toujours rêvé de connaître quelqu'un de ce milieu. Ce doit être un monde tellement à part, c'est ce que j'ai toujours pensé. » Mrs Fly sentait ses paupières devenir lourdes et commencer à s'affaisser. Elle les releva brusquement. « Les admirateurs... vous étiez sûrement assiégée par les admirateurs.

— Il y avait des hommes intéressés, concéda Mrs Thompson.

— Et vous les laissiez vous ramener chez vous ? Vous étiez très avant-gardiste. » Il y avait dans la voix de Mrs Fly un mélange d'effroi et de respect. Mrs Thompson vida son verre. Elle ne se sentait jamais comme ça avec le gin. Tout dépendait de ce à quoi on était habitué, sans doute.

« Ma chère Ruth. Dans ma branche, les cavaliers raccompagnent les jeunes et jolies dames chez elles depuis des milliers d'années. »

Voilà. C'était dit. Après toutes ces années de silence, elle avait craché le morceau. Elle se tourna vers Mrs Fly, s'attendant à être frappée, virée de la maison. Mais, dans le même temps, un poids incommensurable s'envola de ses épaules : ses membres, son esprit lui semblèrent soudain plus légers. Elle eut envie de pleurer, de danser, de chanter, de crier tout haut : *Pardonne-moi, Bill.*

Mais ce fut Mrs Fly qui se mit à glousser.

« Oh, décidément, vous allez me tuer, Rita ! Pas étonnant que ma mère n'ait pas approuvé les débutantes ! Présentées à la cour pour fausser ensuite compagnie à leur chaperon... vous parlez d'un scandale ! » Elle se balançait d'avant en arrière dans son fauteuil. « Vous allez bientôt me dire que vous avez accepté leurs avances ! » Soudain elle se tut. « Quand je pense à ce que j'ai loupé, reprit-elle. Ted venait prendre le thé tous les dimanches et nous avions uniquement le droit de faire l'aller et retour jusqu'à l'église. C'est le seul homme qui m'ait jamais fait la cour.

— Ce que vous avez loupé, ma chère. » Mrs Thompson laissa éclater son fou rire. L'ironie de la situation était irrésistible. « Ce que vous avez loupé ! Les histoires que je pourrais vous raconter... Vous n'y croiriez pas. »

Les deux femmes se tordaient de rire dans leurs sièges. Leurs mains s'agrippaient aux larges accoudoirs et leurs jambes, écartées, laissaient voir des morceaux de cuisses blanches au-dessus de leurs bas. Des larmes jaillissaient de leurs yeux embués.

« Oh, mon Dieu.

— Oh là là, mon Dieu. »

Virginia s'esquiva. Elles ne remarquèrent pas son départ, et ne l'entendirent pas s'esclaffer. À l'étage, elle sortit son journal intime. Elle écrivait dedans de manière sporadique, n'y notant que des choses qui, selon elle, valaient la peine d'être consignées. Rien de triste, ni rien qui la concerne personnellement. *Aujourd'hui, à son insu, ma mère a sympathisé avec une vieille pute,* écrivit-elle. Puis elle se sentit bête, à rire ainsi tout haut, et la plaisanterie commença à perdre de son charme.

Mr Fly rentra, comme promis, à quatre heures précises. Il déchargea sa tondeuse dans le garage avec lenteur. S'il minutait bien les choses, il n'aurait à rester avec les deux femmes qu'une vingtaine de minutes avant de devoir repartir pour la gare.

Malgré la brise, l'après-midi était lourd, et le ciel était devenu très gris. Après son long trajet, Mr Fly se sentait moite et fatigué. Il avait soif. Mrs Thompson ou non, il lui fallait son thé.

Il alla dans la cuisine, se lava les mains et se passa de l'eau dans le cou. Il lui sembla que les lieux n'étaient pas aussi bien rangés que d'habitude, mais soudain il se souvint et il comprit. Sa femme, naturellement, avait laissé la vaisselle pour plus tard, après le départ de Mrs Thompson.

Se rendant à la salle à manger – le thé se prenait toujours dans la salle à manger quand il y avait des visiteurs –, il découvrit un spectacle qui ne se situait pas du tout dans la moyenne. La table était toujours jonchée des assiettes figées du déjeuner, les chaises étaient de travers, rien n'était empilé, et il régnait une méchante odeur de légumes refroidis.

Désormais inquiet, Mr Fly se précipita dans le salon.

Peu après, Virginia l'entendit qui appelait. Elle dévala l'escalier.

« Ginny… que diable… ?

— Qu'est-ce qu'elles font ?

— Elles dorment. Pas moyen de les réveiller. »

Le père et la fille rejoignirent le salon. Il commençait à faire nuit. Les deux femmes dormaient chacune dans un fauteuil, la bouche ouverte. Sur le sol gisait la bouteille de vin, aux côtés de plusieurs mégots de cigarettes dégringolés du cendrier.

« Un spectacle tout ce qu'il y a d'insolite, commenta Mr Fly en enlaçant sa fille.

— Les voilà amies pour la vie, gloussa celle-ci.

— Dieu nous en garde, Ginny. »

— Au moins, je ne l'aurai plus sur le dos.

— Effectivement… Mais quel désordre ! » ajouta-t-il en se détournant de la scène.

Ils gagnèrent la cuisine. Virginia mit la bouilloire à chauffer et alla chercher des scones dans le garde-manger, mais aussi de la confiture de fraises et de la crème. Mrs Fly, qui les jugeait nocives pour son mari, les leur interdisait. Mr Fly observait sa fille, tout heureux, en se frottant les mains.

« On ferait mieux de les laisser cuver. Et éviter d'être là quand elles se réveilleront. C'est drôle de voir ta mère comme ça, tu sais. On pourrait à peine la qualifier de buveuse moyenne… Elle ne boit pratiquement jamais. Cette Mrs Thompson a peut-être une mauvaise influence, bien qu'elle m'ait eu l'air d'une assez brave femme. Peut-être qu'elle a un sombre passé.

— C'est le cas », confirma Virginia. Mr Fly éclata de rire : sa fille avait un sacré sens de l'humour. Elle devait tenir ça de lui. Il tendit une main vers elle.

« C'est sûrement égoïste, Ginny, mais je suis content que tu sois ici. »

Chapitre 8

Mrs Thompson passa la nuit chez les Fly. Après un dîner paisible, Virginia et son père, lorgnant par la porte de la cuisine, avaient regardé Mrs Fly et son amie gravir laborieusement l'escalier, gloussant encore de temps en temps et s'appuyant l'une sur l'autre pour moins tituber.

Le lendemain matin, pour la première fois depuis des années, Virginia se leva avant sa mère et prépara le petit déjeuner de son père. Il partit travailler en lui adressant un clin d'œil joyeux.

« Elle ne va pas pouvoir s'en prendre à moi pendant un moment, tu ne crois pas ? Après un épisode pareil. Dis-lui que je recommande un œuf cru mélangé à du lait et de l'aspirine. »

Juste après son départ, le téléphone sonna. Virginia décrocha dans l'entrée. Elle n'avait pas l'habitude des conversations téléphoniques et les trouvait angoissantes.

« Virginia Fly ?

— Oui ? » Au son d'une voix masculine inconnue, son cœur battit plus fort.

« Ici Ulick Brand. Je pensais tomber sur votre mère.

— Oh, Ulick... Mr Brand. Elle est au lit.

— Je suis désolé de l'apprendre. Malade, vous voulez dire ?

— Non, non. Elle... vous vous souvenez de Mrs Thompson ?

— Bien sûr.

— Elle est venue hier et, à mon avis, il devait y avoir quelque chose dans leur sherry. Mrs Thompson a été obligée de rester dormir. Elle n'est pas encore réveillée non plus, d'ailleurs. » Ulick rit.

« Je vous entends à peine.

— Je ne veux pas les réveiller.

— Je comprends. » Il se tut. « Je voulais savoir si vous étiez libre ce soir ? » Virginia se demanda s'il pouvait entendre les battements de son cœur. Elle promenait un crayon autour de l'illustration du carnet de messages : une montagne enneigée se profilant sur un ciel bleu étincelant, et se reflétant dans un lac à l'éclat tout aussi artificiel.

« C'est presque la fin des vacances, dit-elle enfin.

— Ça vous empêche d'être libre ?

— Pas vraiment.

— Est-ce que vous aimeriez aller au cinéma et dîner ensuite ?

— Oui... Merci. » La montagne se multiplia par quatre, avec autant de reflets.

« Parce que, c'est assez drôle, disait Ulick, mes affaires m'amènent à Guildford mardi matin. Guildford ! Alors si vous voulez passer une nouvelle nuit dans mon dressing, vous pourriez me préparer un petit déjeuner et je vous ramènerais. Que dites-vous de ce programme ?

— Parfait, dit Virginia. Comment avez-vous eu mon numéro ?

— Simple travail de détective. Alors, venez chez moi vers sept heures et demie, d'accord ? Et habillez-vous sans chichi. Un vieux pantalon, ça ira très bien. À ce soir. Bye. »

Il avait raccroché avant qu'elle ait le temps de dire au revoir. Elle resta sans bouger un moment, continuant à suivre les contours de la montagne, qui avait retrouvé sa solitude. Elle remarqua que le combiné était luisant de sueur. Elle frotta le récepteur sur sa jupe.

« C'était qui ? » Mrs Fly se tenait en haut de l'escalier en robe de chambre chenille. Ses cheveux laqués étaient aplatis par un filet, son visage gris chiffonné, et le blanc de ses yeux plissés avait la couleur de la rhubarbe. Elle avait pensé à essuyer la surface grasse de son rouge à lèvres, mais la couleur en dessous subsistait, d'un violet malsain.

« Oh, un ami. Pour moi. »

Mrs Fly resserra la ceinture de sa robe de chambre. Elle se mit à descendre l'escalier, lentement, en se tenant à la rampe.

« Mon pauvre crâne. Je ne sais pas ce qui m'a pris. Il devait y avoir quelque chose dans ce vin que tu as acheté, Ginny. Je ne me suis jamais laissé avoir comme ça de ma vie. Tu vas bien, toi ?

— Absolument, merci.

— Eh bien, je ne sais pas. Rita n'était vraiment pas en forme non plus hier soir. Je ferais mieux de lui monter une tasse de thé. Ça ne m'étonnerait pas qu'elle accepte de rester aujourd'hui pour se remettre. Quant à moi, je passerai chez le caviste tout à l'heure, et je lui poserai la question. Ça ne devrait pas être permis. » Elle entra dans la cuisine. « Tu as préparé le petit déjeuner de ton père ?

— Tout comme son dîner et son thé.

— J'espère que tu ne l'as pas laissé se gaver de confiture et de je ne sais quoi encore. »

Virginia suivit sa mère dans la cuisine. La petite ligne mince de sa bouche indiquait qu'elle n'avait pas l'intention de remercier sa fille pour son aide.

« Je pars pour Londres dans une heure, annonça Virginia. Je ne serai pas là ce soir et je rentrerai demain matin. »

Mrs Fly referma le robinet, laissant la bouilloire à moitié remplie.

« Mais c'est bientôt la reprise.

— Et alors ?

— Tu n'as pas tout un tas de cours à préparer ?

— Non.

— Bon, à toi de voir. Tu es majeure. Évite seulement de te surmener et de te coucher trop tard. Pense à ton travail : il faut que tu sois d'attaque pour affronter le trimestre. » Sa main tremblait un peu sur la boîte de thé. « Je crois que je vais faire une belle tourte au bacon pour le déjeuner de Rita. » Elle savait que c'était le plat préféré de sa fille. « Tu es sûre que tu ne veux pas rester ?

— Sûre, merci.

— Tu préfères le chop suey, sans doute ? » dit-elle avec un sourire compatissant. Virginia paraissait furieuse. Parfois, songea Mrs Fly, la communication entre elles était difficile. Tant pis, autant changer de sujet. « Ah ! mon pauvre crâne, répéta-t-elle.

— Papa a dit de te dire que de l'aspirine mélangée à un œuf cru te ferait peut-être du bien.

— Ah oui, il a dit ça ? » Mrs Fly posa brutalement deux tasses sur la table. Le bruit la fit grimacer. « Attends un peu que quelque chose l'ait empoisonné et il verra quel remède je lui recommande ! Bon, où as-tu caché le sucre ? » Elle plissa les yeux à nouveau pour atténuer la violence du soleil. Virginia prit le sucrier à sa place habituelle, souhaita à sa mère un prompt rétablissement et une bonne journée avec Mrs Thompson, puis elle partit pour Londres.

À Waterloo, elle prit un taxi pour se rendre à King's Road. Elle était bien résolue à dépenser là-bas les quinze livres qu'elle avait emportées. Les boutiques débordaient de vêtements plus splendides les uns que les autres. Elle essaya, tremblante, une multitude de robes de soie, de satin et de velours, toutes totalement différentes des tenues qu'elle avait pu envisager d'acheter jusqu'ici, et ressortit sous le soleil les mains vides, tâchant de se décider. Le conseil que lui avait donné spontanément Mrs Thompson résonnait dans sa tête.

« *La séduction*, ma chère, voilà à quoi il faut penser. Tous ces gris... qui voudrait être aussi sobre ? Bien sûr, à mon âge, j'en ai fini des efforts vestimentaires. Mais dans le temps je savais les rendre fous par l'aspect soyeux de mes tenues, ces velours, ces satins, toutes ces matières si douces. » Elle avait ajouté avec un clin d'œil : « Donner envie à un homme de vous *caresser*... si vous y arrivez, déjà, la moitié du chemin est faite. » Regardant au loin, elle avait été saisie d'un léger frisson, avant de reposer ses yeux sur Virginia. « Avec un peu de savoir-faire, Ginny, tous les hommes pourraient vous courir après. Si j'avais votre silhouette... même maintenant... » Elle s'était autorisé un petit soupir nostalgique.

En fin de compte, se représentant vaguement une longue suite d'hommes dans son sillage, Virginia opta pour un pantalon violet, qui accentuait la finesse de ses jambes, et un haut bohémien couvert de somptueuses broderies, dont la vendeuse déclara qu'il rendrait mieux sans soutien-gorge.

Elle trouvait agréable, déambulant avec ses sacs, son argent entièrement dépensé, de sentir la maison d'Ulick toute proche. Elle résista à la tentation de remonter sa rue.

Il restait plusieurs heures avant leur rendez-vous. Dans un élan soudain, elle rejoignit une cabine téléphonique, chercha le nom d'épouse de Caroline et lui téléphona. Elles ne s'étaient pas vues depuis six ans mais Caroline était la seule personne, à part le professeur, que Virginia connaissait à Londres.

« Caroline ? » Virginia s'aperçut de sa nervosité maintenant que quelqu'un avait décroché.

« Oui ? C'est moi.

— C'est Virginia. Virginia Fly.

— *Virginia !* Seigneur, ça fait des années.

— J'étais à Londres pour la journée. J'espère que tu ne m'en veux pas d'appeler...

— Bien sûr que non », la coupa Caroline. À sa voix, elle semblait occupée.

« Je sors ce soir et je me demandais juste si, peut-être, je pourrais passer chez toi boire une tasse de thé et me changer ? » Virginia se tut. « Ça me ferait tellement plaisir de te revoir.

— Bien sûr, quelle idée merveilleuse. Mais j'ai bien peur de devoir filer. En fait, tu as eu de la chance de m'attraper. » Convaincante, elle énuméra tous les endroits où elle devait aller. Elle avait un ton très gentil, très amical. « Mais, écoute, la jeune fille au pair est là. Passe quand tu veux, fais comme chez toi, et j'essaierai de rentrer avant que tu sois partie.

— Tu es sûre ? » Virginia était réellement gênée à présent, mais elle n'avait pas d'autre endroit où aller. « Merci beaucoup.

— Ne sois pas ridicule, continua Caroline, babillarde. Je regrette seulement que tu ne m'aies pas prévenue plus tôt, on aurait pu déjeuner ensemble ou quelque chose. On a du rattrapage à faire. » Elle s'interrompit un instant. « Mais ôte-moi d'un doute : tu te maries bientôt, c'est ça ?

— Euh... fit Virginia. Pas vraiment.

— Tu veux dire qu'il y a quelque chose dans l'air ?

— On peut dire ça comme ça.

— Je l'espère bien, après toutes ces années. » Caroline rit sans méchanceté. « Tu me tiendras au courant, d'accord ? Il faut que je me dépêche. Si je te loupe, n'hésite pas à rappeler. »

Après avoir raccroché, Virginia prit un stylo-bille dans son sac. C'était plus fort qu'elle, elle devait vérifier ce que donnait ce patronyme. Sur la couverture d'un des annuaires, elle écrivit : *Mrs Ulick Brand.*

Caroline Summers habitait une petite maison près de Cromwell Road. La jeune fille au pair fit entrer Virginia, lui montra la cuisine, puis sortit. Virginia se retrouva libre d'explorer les lieux.

Non qu'elle ait été d'humeur fureteuse : elle voulait simplement savoir à quoi ressemblait la maison d'un jeune couple marié, imaginer l'effet que cela devait faire d'en être propriétaire. Elle commença par la cuisine, une pièce en pin encore toute chaude des odeurs du déjeuner. L'énorme frigo était plein. Il contenait une grande jatte en cristal remplie d'une salade de fruits minutieusement décorée de crème : des invités ce soir, peut-être. Des dîners. Quel type de dîners des gens mariés pouvaient-ils donner dans une maison comme celle-là ? Un extra était sûrement engagé pour la soirée. Michael s'occupait des boissons, Caroline présentait les invités avec beaucoup d'aisance, amorçant entre eux la conversation. Virginia se demanda comment elle-même se débrouillerait.

Sur une ardoise accrochée au mur, Caroline avait griffonné des messages à sa propre intention : *Ne pas oublier ! 12 yaourts, 500 g de fromage à cuire, faire réparer le briquet de M.* Ce dernier article emplit Virginia d'une certaine jalousie : elle aurait bien aimé avoir quelqu'un dont elle ferait réparer le briquet, quelqu'un qui se reposerait sur elle pour les petites choses comme pour les grandes.

Elle alla dans le salon. Le départ précipité de Caroline y était perceptible : journaux sur le sol, coussin à deux doigts de glisser du canapé. Machinalement, Virginia lui redonna du volume. Sans surprise, il y avait une table chargée de bouteilles, presque identique au bar d'Ulick, et un grand bureau en désordre portant des traces à la fois de Michael et de Caroline : leurs affaires y étaient intimement mélangées. Virginia lut un mot, peut-être écrit la veille au soir : *Chéri, si tu rentres avant moi, tu voudras bien commencer à lire son histoire à Lucy comme je le lui ai promis ? Baisers. C.*

Dans la chambre principale elle découvrit une paire de bretelles sur la coiffeuse de Caroline, et une forêt de photos encadrées : Michael et Caroline le jour de leur mariage, tels qu'elle se les rappelait, leurs deux visages plus joufflus à l'époque, souriant devant une église de campagne près d'Andover ; Caroline avec son premier enfant, une photo de baptême ; Michael, flou, sur un bateau, cliché à l'évidence pris par sa femme ; un gamin de deux ans assis sur un tapis avec des cubes ; Caroline appuyée sur le bras de Michael à une sorte de première, très élégante, mais plus dure et plus mince que dans le souvenir de Virginia.

Elle s'installa sur le tabouret, toucha les brosses en argent, et prit sa décision. Si Ulick Brand la demandait en mariage, elle dirait oui.

Quelques heures plus tard, après s'être servie de la baignoire, de la poudre et du parfum de Caroline, puis s'être peignée avec sa brosse en argent (sans rattacher ses cheveux), elle enfila ses vêtements neufs, s'admira dans un miroir en pied – presque méconnaissable, pas vrai ? –, quitta la maison et prit un taxi pour Chelsea. Elle avait les mains qui tremblaient.

Ulick ouvrit la porte. L'espace d'un instant, il ne la reconnut pas. Puis :

« Virginia, vous êtes superbe ! s'exclama-t-il en l'embrassant sur les deux joues. Je savais que vous pouviez l'être. » Virginia ne dit rien mais ses traits s'empourprèrent. « Inutile de rougir. Je suis sincère. » Il lui attrapa la main et la conduisit à l'étage. Le salon était joli sous la lumière du soir. Il sentait légèrement l'encaustique et les fleurs. Au milieu de la pièce, Ulick se retourna pour faire face à sa visiteuse. « Cette métamorphose, c'est pour moi ? demanda-t-il en riant.

— Qui d'autre ? » répondit timidement Virginia. Puis, plus hardie : « Si vous permettez, vous êtes très bien aussi. » Il portait une splendide chemise de soie à fleurs, et son visage était plus beau que dans son souvenir.

Il ne sembla pas relever la remarque et gagna la table des boissons, où il se mit à préparer des cocktails. Virginia se demanda si c'était automatique dans son monde : sitôt que les gens arrivaient, on leur offrait un verre. Chez elle, l'invité moyen devait patienter des heures avant qu'on lui offre quelque chose de plus fort que du café ou du thé.

« Bon sang, j'ai eu le déjeuner le plus abominable qui soit, dit-il. Je n'ai pas pu bosser de tout l'après-midi. Des disputes à n'en plus finir. Dieu ce que je déteste les disputes. Elles me dérangent l'estomac. Il vous arrive d'avoir des disputes, vous ?

— Non. Seulement des silences, avec ma mère, quelquefois.

— C'est mieux que les disputes. Enfin bon, fini pour aujourd'hui. Nous allons sortir et passer une chouette soirée. »

Il sourit et lui tendit un de ses gros verres à whisky qui, ce soir, lui plaisait davantage. Elle s'y était habituée : il ne lui faisait plus mal à la main.

Installée dans un canapé aux coussins de soie, un pied replié sous elle, l'autre reposant sur l'épais tapis, elle éprouva une sensation de paix infinie. Elle s'imaginait assise ici soir après soir, à l'écouter, à comprendre les raisons de ses disputes de bureau – son allusion concernait sûrement des disputes de bureau –, à l'apaiser, à lui servir à boire, à le réconforter.

« Vous avez l'air très sérieuse, reprit Ulick. À quoi pensez-vous ?

— À votre vie.

— Ah, ma vie… C'est une chose à laquelle j'évite de réfléchir à long terme. À chaque jour suffit sa peine. C'est une vieille philosophie, mais elle fonctionne très bien, à l'usage. » C'était peut-être son imagination, mais l'espace d'une seconde, Virginia lui trouva vraiment l'air triste.

Ils allèrent voir un film tourmenté sur Tchaïkovski. À la moitié de la projection, Ulick saisit la main de Virginia, suivit le contour de ses ongles avec son doigt, puis la lui rendit. Elle se surprit à respirer anormalement vite. Elle espéra qu'il ne le remarquerait pas. Plus tard ils dînèrent dans un petit restaurant polonais à Battersea. Le chef, un colosse rieur, resta attablé avec eux presque toute la soirée, insistant pour leur offrir des bouteilles de vin et les distrayant par des récits de son enfance en Pologne. De retour dans la voiture, Ulick posa sa main sur le genou de Virginia, et elle dut se retenir de lui avouer à quel point ce geste lui donnait la sensation d'être exceptionnelle. Dans la maison, il la conduisit immédiatement dans son dressing tendu de feutre marron. Là, il l'enlaça.

« Vous voulez bien m'embrasser ? demanda-t-il.

— Je ne crois pas que je devrais, répondit machinalement Virginia, dont le corps se raidit.

— Pourquoi cela ?

— Je ne sais pas vraiment. »

Ulick l'embrassa longuement. Puis il recula.

« J'ai eu envie de faire ça toute la soirée. Tu es irrésistible. » Virginia sourit. Il prit sa petite valise et se dirigea vers sa chambre. Virginia le suivit.

Cette pièce aussi était sombre : toile de jute bleu marine aux murs, lampes dessinant sur le tapis de faibles taches de lumière.

« Mets-toi au lit, dit Ulick en posant la valise. Je te rejoins tout de suite. » Il disparut dans la salle de bains par une porte à peine visible dans le mur.

Virginia se déshabilla, plia ses vêtements avec soin, par automatisme, et se coucha toute nue. Elle se demanda vaguement si, quand Ulick reviendrait, elle lui succéderait dans la salle de bains pour se brosser les dents. Les draps d'Ulick étaient des draps de luxe ; frais et sans le moindre pli même après plusieurs nuits. Virginia remua sur l'immense matelas avec délectation, étirant ses orteils vers les zones les plus fraîches, étalant ses bras sur les oreillers. Bien plus tard, lui sembla-t-il, Ulick reparut, une serviette enroulée autour de la taille.

« Décale-toi. » Virginia gloussa, fermant les yeux. Ulick se glissa dans le lit et éteignit la lumière. Bientôt il l'embrassait à nouveau, plus farouchement cette fois, et elle sentit son corps tout entier pressé contre le sien. Sa main se promena sur son sein, son ventre, sa cuisse, causant chez elle des tremblements.

« Tu trembles, dit-il.

— C'est plus fort que moi.

— Tu n'es pas habituée à ce genre de choses ?

— Non.

— Bien. » Il lui souleva la tête pour la mettre sur son épaule, très délicatement, puis lui caressa les cheveux et les paupières.

« Je peux te dire quelque chose ? » Virginia se sentait téméraire.

« Quoi ? Ce que tu veux. Tu peux me dire tout ce que tu veux.

— Je n'ai jamais ressenti ça de ma vie, jamais, absolument jamais.

— Ah non ?

— Je n'arrêtais pas de repenser à ta glycine. Et puis je me demandais ce que tu étais en train de faire.

— Eh bien, j'ai pas mal pensé à toi, moi aussi. Je me disais : elle n'est pas mon type de fille, mais il y a quelque chose chez elle… Ces affreux gants ! » Virginia gloussa à nouveau, et frotta son nez contre la joue d'Ulick. « Je me disais : je ferais peut-être mieux de la revoir, histoire de bien vérifier que, décidément, elle n'est pas mon type de fille. Et puis tu es arrivée, tellement jolie, tu as ri à mes plaisanteries, et tu n'as pas posé de questions embarrassantes.

— Et alors ?

— Alors nous voilà tous les deux.

— Et ?

— Et j'espère que ça se reproduira, des tas de fois. »

Ulick l'écrasa contre lui, forçant le corps de Virginia à se détendre et ses jambes à s'écarter. Elle plissa les yeux contre sa gorge, si bien qu'elle ne vit plus qu'une multitude de petits points noirs sur fond noir. Soudain, avec une brusquerie atroce, la scène s'illumina. Les points noirs devinrent jaunes. La lumière surgit de quelque part, inondant la pièce. Elle sentit Ulick se pétrifier et la repousser. Elle ouvrit les yeux.

La chambre était complètement éclairée. Une femme se tenait près de la porte, frémissante. Elle était grande, avec des cheveux bouclés et un visage tragique, la trentaine. Elle avait l'air d'avoir pleuré.

« Que fait cette femme dans *notre* lit ? » demanda-t-elle en regardant Virginia. Ulick tenait le drap à deux mains sous son menton. On voyait le blanc de ses jointures. Il cligna des yeux très calmement.

« Qu'est-ce que tu fais ici ?

— C'est *notre* maison, je te rappelle. Notre lit. J'ai mes clés. Tu es mon mari. » Elle ne bougeait pas.

« Drôle d'heure pour une visite, dit Ulick.

— Je suis en droit de venir ici quand ça me chante. À moins que tu rachètes ma part… » Sa voix était très basse mais très ferme. Elle s'approcha du lit et resta plantée là à contempler Ulick et Virginia. « Je suis désolée de vous interrompre, mais cette femme pourrait-elle s'en aller ?

— Non, dit Ulick. C'est toi qui dois t'en aller.

— Pas question », répliqua la femme. Elle paraissait exténuée. Elle s'assit sur le lit et Ulick déplaça ses jambes. « Tu te rappelles, mon chéri, ce que tu disais toujours ? » Elle esquissa un sourire. « Tu disais toujours – on en plaisantait – que si jamais je te prenais la main dans le sac, je ne devais pas m'en aller. Je devais attendre que tu te débarrasses de la... femme.

— C'était le temps où on pouvait encore plaisanter, dit Ulick. Tu sembles avoir oublié : cette époque est révolue. »

La femme sortit de son sac une cigarette et un briquet. Attrapant le cendrier sur la table de nuit, elle le posa en équilibre sur le genou d'Ulick, geste qui témoignait d'une longue pratique. Elle envoya des bouffées de fumée dans les airs, très calmement, comme s'il s'agissait là d'une situation normale. Ses yeux, d'un vert vif, étaient fatigués. Très lentement, elle tourna la tête vers Virginia.

« Vous vous appelez comment ? demanda-t-elle.

— Ne réponds pas, intervint aussitôt Ulick. Surtout, ne lui dis rien. » Virginia vit la femme tressaillir.

« Eh bien, reprit-elle, derrière un écran de fumée qui empêchait de distinguer sur ses traits l'effort perceptible dans sa voix, il semble que nous soyons dans une impasse, alors. Parce que je ne pars pas.

— Si, tu pars, insista Ulick. S'il te plaît, va-t'en sans faire d'histoires. Je t'appelle demain matin.

— Non », persista la femme.

Il y eut un silence prolongé, jusqu'à ce que Virginia, l'esprit et le corps engourdis par la stupeur, entende sa propre voix, de très loin, prononcer des paroles de bon sens.

« C'est ridicule. Je vais m'en aller », dit-elle.

La femme s'esclaffa.

« C'est très amusant, quand on y réfléchit », dit-elle.

Ulick plaqua un bras sur le buste de Virginia, cherchant à la retenir.

« Ne bouge pas. C'est Imogen qui va partir. » Tel était donc son nom... Mrs Imogen Brand.

« Non, je ne vais pas m'en aller, rétorqua Imogen.

— Moi si, en tout cas. » Virginia se libéra des draps à coups de pied, dénudant sa poitrine. « Je ne veux pas me mettre entre vous.

— Voilà, déclara Imogen, les yeux rivés sur les seins de Virginia. Vois-tu, mon chéri, ta nana est plus raisonnable que toi. » Elle tapota le genou d'Ulick, dont le regard se figea.

« Cette scène est grotesque et sans la moindre dignité, dit-il. Si tu t'entêtes à te montrer à ce point obstinée, éloigne-toi au moins quelques minutes, que Virginia puisse s'habiller et que je puisse lui parler. »

Imogen écrasa sa cigarette et se leva.

« Très bien. D'accord. » Elle quitta la pièce, très grande et très droite, consciente de la beauté de ses mouvements.

Dès qu'elle eut disparu, Virginia se leva d'un bond et entreprit de se rhabiller à toute vitesse. Ulick, assis au bord du lit, se tenait la tête dans les mains.

« Je suis désolé. Qu'est-ce que je peux dire ?

— Ça n'a pas d'importance.

— J'aurais dû te dire que j'étais marié.

— Notre situation ne le justifiait pas.

— Elle ne s'est jamais comportée comme ça avant. Quoique… elle a été tellement impossible au déjeuner, je me doutais qu'elle tramait quelque chose. » Il regarda Virginia. « Tu n'as qu'à dormir dans le dressing et nous pourrons discuter de tout ça demain matin.

— Non merci, sans façon. » Elle se peigna avec les doigts.

« Où vas-tu aller ?

— J'ai des amis. » Ulick hocha la tête.

« Ça va, pour l'argent ?

— Largement.

— Dire que c'était une soirée si agréable. J'oublie comme les bonnes choses nous sont systématiquement arrachées. »

Virginia lui sourit.

« Ne dramatise pas, n'y pense donc plus. J'ai été un coup facile, sauf qu'on n'a pas eu le temps d'aller au bout. Tout est question de timing.

— Tu te trompes. Tu ne dois pas voir les choses comme ça. Je t'aime bien. Tu m'as *écouté*.

— Les filles banales savent souvent écouter. » Elle récupéra sa valise. « Bon, j'y vais. » Ulick se leva à son tour.

« Je suis désolé, répéta-t-il. Je pourrai t'appeler ?

— Je ne crois pas que ça rime à grand-chose. En fait, je préférerais que tu t'abstiennes. S'il te plaît. Ce ne serait pas bon pour mes fantasmes. » Elle réussit à nouveau à sourire.

« OK. » Il s'approcha et l'embrassa sur la joue. Ils étaient l'un et l'autre épuisés, vidés, tout désir s'était évanoui. « Au revoir, Virginia Fly. Fais attention à qui tu épouseras. »

Sur le seuil de la chambre, Virginia croisa Imogen. Elle avait enfilé une robe de chambre en coton blanc qui laissait voir le contour de ses seins et de ses cuisses.

« Ç'a été rapide, dit-elle. Je vous raccompagne. » Virginia la suivit dans l'escalier. « Il faut que vous compreniez, Ulick et moi avons une vie conjugale tout à fait épouvantable, mais pas moyen de se résoudre à y renoncer. La force de l'habitude, je suppose, même si maintenant que j'ai déménagé, peut-être qu'on y arrivera. Quoi qu'il en soit, j'espère que vous n'aurez pas été trop affectée par l'aventure… ou trop charmée. C'est un vrai tombeur quand il veut, n'est-ce pas ? Mais foutrement invivable au quotidien. » Elle ouvrit la porte, ses yeux étincelants et durs. « Je vais vous dire… Je suis une fichue emmerdeuse. La moitié du temps, je ne veux pas de lui, mais je ne veux pas non plus qu'il soit à quelqu'un d'autre. Alors je laisserais tomber, si j'étais vous. À moins, bien sûr, que vous ayez envie d'être citée devant un juge. » Elle sourit, comme une sorcière, sous la lumière lugubre de la rue. Virginia se redressa : elle n'arrivait malgré tout qu'à l'épaule d'Imogen.

« Vous trouverez un taxi dans King's Road, reprit Imogen, indiquant la direction d'une longue main blanche. Vous devez reconnaître que c'était plutôt rigolo, ajouta-t-elle. Un jour, peut-être, je vous raconterai la véritable histoire de notre mariage.

— Merci, dit Virginia, mais ça ne m'intéresse pas vraiment. Ni vous, ni Ulick, ni votre mariage ne présentent le moindre intérêt pour moi. Maintenant il faut que je file. » Au bas du perron elle leva les yeux pour constater qu'Imogen la scrutait toujours. Elle décida de décocher la flèche du Parthe, si puéril que ce soit. « Le lit sera encore chaud », lança-t-elle.

La porte claqua. Virginia détala.

Dans une cabine téléphonique de King's Road, les larmes jaillirent. Des sanglots étouffants qu'elle était incapable de réprimer. Elle resta là un certain temps, la tête appuyée contre les vitres de la cabine, à attendre que les spasmes qui ébranlaient son corps se dissipent. Il faisait froid et l'air empestait le tabac.

Une fois calmée, elle s'empara d'un annuaire et composa le numéro du professeur. Elle pourrait passer la nuit chez lui – il le lui avait souvent proposé – et rentrer en train demain matin. Le téléphone sonna onze fois.

« Je suis bien chez le professeur ?

— Juste ciel, qui est à l'appareil ? Seigneur, Virginia Fly.

— Oui.

— Pourquoi ? Il est deux heures, non ? Deux heures du matin.

— Je crois bien. Je suis désolée de vous embêter si tard…

— ... Ce n'est pas grave.

— ... Mais est-ce que je peux venir passer la nuit chez vous ? J'ai eu quelques complications.

— Des complications ? Ma chère Virginia, bien sûr. Pardonnez-moi d'avoir l'air si abruti de sommeil. Sautez tout de suite dans un taxi. Je vous attends. »

Dans le taxi, Virginia, à bout de forces, se renversa sur la banquette en cuir striée qui avait gardé la chaleur du passager précédent. Voilà qui constituerait une excellente fonction à plein temps, se dit-elle. Chauffer la place pour les autres.

« Virginia Fly, mais qu'est-ce qui cloche chez toi ? » demanda-t-elle tout haut.

Le professeur était habillé ; les lumières allumées. Il avait préparé un lit sur l'énorme canapé et rempli un verre de brandy.

« Quelle tenue délicieuse, lança-t-il, en voyant sa mine défaite. Mais il faut vite vous coucher car vous avez l'air épuisée. Je ne vous dérangerai pas demain matin, et le soleil ne peut pas traverser l'épaisseur des rideaux. Alors faites la grasse matinée, et puis nous prendrons le petit déjeuner. »

Le brandy réchauffa Virginia et mit fin à ses tremblements. Elle observait le professeur. Sa masse ombreuse près du bureau trifouillait dans des papiers.

« Bon, avez-vous besoin de quelque chose ? » Virginia savait qu'il essayait de ne pas paraître inquiet.

« Non, rien. Et merci de votre gentillesse.

— Ne dites donc pas de bêtises. » Peu après, il s'éclipsa.

Le canapé était très confortable. Dans le noir, la soirée repassait dans sa tête comme un film. À un moment donné, il y eut des phrases, des sous-titres, sur l'écran : *Éviter de réfléchir à sa vie à long terme. Vivre au jour le jour.*

À la réflexion, Ulick manquait vraiment d'originalité.

Virginia se sentit plutôt heureuse avant de s'endormir.

Elle fut réveillée par le professeur qui tirait les rideaux, laissant le soleil de fin de printemps s'engouffrer par les vastes fenêtres. Ses prodigues rayons vinrent illuminer la chaleureuse pagaille de la pièce.

« Je nous ai pris des croissants, annonça-t-il. Ils en font de très bons plus loin dans la rue, frais tous les matins… Vous n'allez pas me dire que vous n'avez pas faim ? »

Il disparut puis revint avec un plateau chargé de jolie porcelaine : il y avait de la confiture de cerises noires pour accompagner les croissants. Il posa le plateau sur une table basse près du canapé et approcha une chaise.

« Ça fait si longtemps que je n'ai pas partagé de petit déjeuner avec quelqu'un ; je suis un peu rouillé. » Il ne cherchait pas la pitié mais énonçait un fait. Virginia vanta les mérites du café autrichien. « Il y a certaines choses qu'on sait faire », dit le professeur avec un sourire.

À peine avait-il beurré son croissant qu'il se leva et traversa la pièce pour gagner la cheminée. Là, il s'empara de la photo de sa femme et de sa fille. Il la tendit à Virginia. La famille au petit déjeuner, songea-t-elle. Cette fois, elle se sentait prête.

« Ma femme et ma fille dans les Alpes. » Il tapota la photo avec trois doigts. « Elles ont été tuées peu après. Je les aimais énormément. Je les aime encore, mais elles sont mortes. Oh, Seigneur, je suis incapable de faire un discours… Virginia Fly, voulez-vous m'épouser ? »

Virginia leva le regard vers lui, lui rendit la photo. À contre-jour, les cheveux gris du professeur formaient comme un halo hérissé de pointes. Il se tenait courbé en avant et ses yeux pleins de bonté la scrutaient avec anxiété dans l'attente de sa réponse.

« Je comptais faire ma demande à la fin du petit déjeuner, mais en vous voyant ce matin, endormie, je n'ai pas pu tenir. »

Virginia sourit. Puis, s'adossant à nouveau contre ses oreillers, elle ferma les yeux. L'écran sous ses paupières

brillait encore à cause du soleil. Surgis du passé, des incidents puérils, des conjectures stupides, des espérances
naïves lui vinrent à l'esprit. Elle les compara au présent.

Le professeur, assis à côté d'elle en silence,
patientait.

Chapitre 9

VIRGINIA et Caroline avaient rêvé de mariage bien avant d'avoir jamais évoqué le sexe. À neuf ans, Caroline était bien résolue à épouser un millionnaire. Virginia se contentait de la perspective d'un fermier.

Lors de grandes vacances, Caroline avait passé une semaine chez les Fly, partageant avec Virginia la chambre d'amis. Les lumières étaient éteintes : elles étaient censées essayer de dormir.

« Il me fera sa demande sur un yacht, disait Caroline, quelque part en Méditerranée.

— C'est d'un banal ! se moqua Virginia. Moi je serai en randonnée dans le Northumberland. Il commencera tout à coup à pleuvoir des cordes et j'irai me mettre à l'abri dans une grange. Je serai simplement là sur le foin à attendre que la pluie s'arrête, quand ce merveilleux fermier entrera. Il me proposera de venir dans la maison me réchauffer et manger un morceau. À l'intérieur, nous nous installerons devant sa cheminée et au bout de deux minutes il me dira qu'il m'aime éperdument et me demandera si je veux bien l'épouser. Évidemment je répondrai oui, et nous vivrons heureux et aurons beaucoup d'enfants. »

À moitié endormie, elle imaginait le plaisir exquis de faire elle-même le pain pour le fermier, de rester assise à ses côtés le soir, de donner à manger à ses poules, de l'appeler à l'autre bout de la cour, d'élever ses enfants. Des années durant, ce fantasme ne l'avait pas quittée, mais bizarrement, elle n'était jamais partie en randonnée dans le Northumberland.

Virginia avait vingt ans quand la voisine, dont le physique ingrat avait toujours suscité une pitié unanime, avait épousé un marin.

« Ma foi, si cette fille peut séduire quelqu'un, alors tout le monde le peut », avait commenté sa mère à la sortie de l'église. La jeune mariée, plus vilaine que jamais sous son énorme couche de maquillage raté, venait de s'éloigner dans une Rolls de location. « N'empêche, il faut bien reconnaître qu'elle est plutôt radieuse. »

À ce moment-là, Virginia aurait fait n'importe quoi pour être à la place du laideron d'à côté. Le marin n'était peut-être pas le meilleur parti au monde, mais au moins c'était un mari.

L'autre mariage qui démoralisa Virginia fut celui de Caroline. Une affaire aussi grandiose que joyeuse. Prières émues et marche nuptiale, bouleversantes d'optimisme, dans une petite église romane du Hampshire. Ensuite, réception avec flopées d'invités trop fardés entassés sous un chapiteau que baignait une écœurante odeur de gardénias. Et Caroline, perpétuellement hilare, se repaissant de chaque seconde.

D'une certaine façon, Virginia était contente pour son amie, qui semblait véritablement heureuse. Ah ça, elle savait décrire le grand amour. C'était l'époque où Caroline racontait encore tout à Virginia.

« C'est un sentiment qui t'envahit entièrement. Quand Michael n'est pas là, c'est comme si la moitié de moi-même était absente elle aussi. Je suis prise de vertige quand il entre dans la pièce, un vrai vertige physique. Et parfois, si j'essaie d'être raisonnable, je me retrouve toute bête parce que je suis incapable de me concentrer sur quoi que ce soit hormis le fait que je l'aime à la folie. Je ferais n'importe quoi pour lui. N'importe quoi. Lui seul donne un sens à mon existence. Tout m'est supportable, aujourd'hui, pour la simple raison qu'il vit sur cette terre.

— Regarde les taux de divorce, protesta Virginia, qui n'avait jamais éprouvé de vertige physique à la pensée de Charlie ou de n'importe qui d'autre. Tous les gens divorcés ont sûrement dit à peu près la même chose au début.

— Ah, mais nous, c'est différent. » Caroline énonça ce cliché avec une conviction qui irrita Virginia.

« C'est ce qu'ils prétendent tous. »

Mais, dans le cas de Caroline, cela semblait bel et bien différent, à en juger par les indices dans sa maison et les rares occasions qu'avait désormais Virginia de bavarder avec elle. Elle paraissait heureuse, et sa vie conjugale épanouie.

En ce qui concernait Virginia, le mariage de son amie n'avait pas tardé à signifier le début de la fin de leur complicité. Pendant quelque temps, elles continuèrent à communiquer. Virginia eut droit à des descriptions d'accouchements aussi drôles qu'explicites. Caroline divulgua même quelques secrets ayant trait à la sexualité conjugale : « Ça devient plus plan-plan », dit-elle. Mais à la longue, le mari de Caroline, ses enfants, sa maison et sa vie finirent par absorber tout son temps. Virginia venait rarement à Londres, et lorsqu'elle y venait, et que toutes deux se retrouvaient, elles constataient qu'elles n'avaient plus grand-chose en commun. Caroline regorgeait d'anecdotes domestiques qui ennuyaient Virginia, et rien dans la vie de Virginia n'éveillait l'intérêt de Caroline. Aussi, d'un accord tacite, s'étaient-elles peu à peu effacées de leurs existences respectives. Cartes de vœux, cartes postales de vacances, cadeaux d'anniversaire pour l'aîné des enfants – filleul de Virginia –, voilà tout ce qui subsistait de leur relation. Virginia déplorait la mort de leur complicité. C'était la seule amitié satisfaisante qu'elle ait jamais connue. Mais elle était convaincue que leurs liens avaient été assez forts pour pouvoir être renoués au moment opportun. Quand elle se marierait elle-même, peut-être. Ce jour-là, si les fibres n'étaient pas trop effilochées, elles pourraient retrouver leur ancienne connivence, unies à nouveau par le fait qu'elles avaient l'une et l'autre un mari, une famille, mais aussi tous ces problèmes conjugaux qui concouraient grandement au rapprochement des femmes les plus dissemblables.

Ce fut peu après la naissance du premier enfant de Caroline – événement qui eut un effet déprimant sur Virginia – que Virginia commença à fixer ses espoirs maritaux sur Charlie Oakhampton Jr. Elle se mit à détecter, entre les lignes émeraude de ses lettres, certaines promesses pour l'avenir. Ce n'était quand même pas par hasard qu'il lui faisait des descriptions aussi minutieuses de sa maison, de la campagne américaine, de sa mère et de ses week-ends à jouer au base-ball… S'il espérait que Virginia se familiarise avec les menus détails de son existence, c'était réussi. Petit à petit, elle se persuada cahin-caha que ce genre de vie pourrait s'avérer tout à fait acceptable. Ce n'était certes pas cette vie anglaise idyllique avec cet adorable et modeste mari anglais que, dans les moments d'optimisme, elle imaginait voir surgir un jour, mais un changement excitant, et puis, on s'habituait à tout. Elle aimait l'idée de l'étroitesse de la vie de banlieue américaine, l'idée d'une communauté dynamique dans laquelle la contribution de chacun avait son importance. Elle s'imaginait *participer*, organiser, aider, être sollicitée. Dans un style plein d'ardeur, elle décrivait à Charlie ce qu'elle ressentait. Lui (chose étrange, s'était-elle dit à l'époque) ne semblait pas vraiment s'intéresser à ses réactions. Il se bornait à lui fournir encore plus de détails. Dans ces cas-là Virginia concluait que, pour ceux qui n'en ont pas le don, le commerce épistolaire n'est pas la meilleure forme de communication : elle n'était pas parvenue à s'exprimer d'une manière susceptible de le galvaniser, et elle allait devoir attendre son arrivée pour lui en parler.

De temps en temps, son enthousiasme pour cette nouvelle vie imaginaire se trouvait asphyxié par le doute. Elle appréhendait la solitude, le quotidien étriqué, l'impression de n'avoir aucune porte de sortie si par hasard elle devait déchanter. Mais là aussi, au prix d'un grand effort mental, elle réussissait à enterrer ses craintes presque à la seconde où elle les sentait affleurer, et son rêve d'une cuisine moderne avec sa fenêtre donnant sur la voiture familiale et la clôture du voisin, sa vision de Charlie en train de manger des gaufres, et du « fridge » rempli de victuailles (déjà, dans sa tête, elle avait renoncé au terme de « réfrigérateur »), tout cela lui devenait d'un puissant réconfort. Ce n'était qu'une question de temps avant que Charlie ne vienne la chercher, et ils pourraient alors repartir dans l'Utah mettre ce rêve en pratique.

Une année, pour les vacances de Pâques, la classe de Virginia et la classe au-dessus étaient allées en Suisse : des tarifs très modiques pour quatorze nuits avec voyage en car. Elle et Mr Bluett étaient les accompagnateurs.

Virginia trouva la Suisse peu exaltante et prévisible. Les paysages, bien que magnifiques, étaient sans surprise. Malgré leur gigantisme, les montagnes avaient l'air domestiquées, avec leurs chalets miniatures et leurs grappes de chèvres. Il n'y avait pas trace de la sauvagerie qu'elle avait escomptée. Les vacances s'étaient pourtant avérées une réussite. Elle était seule dans sa déception. Les enfants s'étaient amusés comme des fous et Mr Bluett avait observé que les millionnaires anglais qui se retiraient sur le lac de Genève devaient se sentir dans cette région presque aussi bien qu'au pays.

Un soir, dans les montagnes, après le dîner, Virginia et Mr Bluett allèrent se promener dans l'étroite rue du village. Ils avaient l'intention de faire une halte dans le bar local pour boire un *Glühwein* avant le coucher, mais il ne faisait pas encore nuit et l'air était doux et revigorant. Ils avaient tous deux envie de marcher.

La route, qui ne tarda pas à se faire plus escarpée, montait vers les hauteurs, longeant en courbe de grands pins sombres d'un côté, et un précipice rocheux de l'autre. Ils cheminèrent une demi-heure sans parler, puis finirent par s'arrêter dans une clairière, où ils s'assirent sur une pile de troncs d'arbres. Devant eux la lune se levait dans un ciel gris foncé. Une montagne, chapeautée de neige argentée, étincelait face à eux par-delà le défilé. Virginia percevait quelque part en contrebas le tintement sourd des cloches accrochées au cou des vaches : un son extrêmement mélancolique, selon elle.

Mr Bluett, aussi sensible au froid qu'à la chaleur, tripotait les cordons de son anorak, cherchant à mieux fermer son col.

« L'intérêt de tout ça, Virginia, dit-il brusquement, c'est de le partager avec quelqu'un. » Virginia le regarda, sourcils dressés, mais dans la pénombre il n'en vit sans doute rien. « Je trouve que toutes les bonnes choses devraient être partagées. » Il renifla, puis frotta ses cheveux ondulés du revers de la main.

« Moi, profiter de la nature dans mon coin ne me déplaît pas, déclara Virginia, consciente qu'aucune réponse ne saurait convenir. J'aime mieux ça que d'avoir à supporter les commentaires des autres.

— Ah, ma chère petite, vous êtes jeune. Vous n'avez sûrement jamais été amoureuse. Vous n'avez jamais partagé un petit matin en mer avec quelqu'un, ou un coucher de soleil dans les Highlands. Si c'était le cas, vous n'auriez pas la même position. » Il tapa sur sa poche en quête de cigarettes. « Autrefois, vous savez, il n'y a pas si longtemps, Derek et moi, on courait plusieurs kilomètres tous les matins avant le petit déjeuner. Les chaussures de sport dans la rosée, les maillots numérotés, de l'époque où on participait à des courses... J'avais le numéro vingt-six, je me souviens. Derek le dix-neuf. Nos chiffres porte-bonheur. On rentrait, en nage, on prenait une douche et on préparait le petit déjeuner chacun son tour. Des œufs au bacon. Après, j'étais en forme pour la journée. Je pouvais tenir une bonne centaine de sauts. En ce temps-là, élèves épouvantables ou non, je jubilais en permanence, rien que de penser à la soirée. Vous n'êtes jamais venue chez nous, si ? Nous avions un joli petit cottage. Avec poutres apparentes. Vous devriez venir, bien qu'il soit un peu décati maintenant que Derek n'est plus là. » Une volute de fumée s'éleva devant son visage. « Cet endroit lui aurait plu, à Derek. Il aimait les lunes sur les cimes et tous ces machins-là. Enfin bon, ça ne sert à rien de broyer du noir... On ferait peut-être mieux de faire demi-tour, non ? »

Ces confidences semblaient l'avoir épuisé. Ils regagnèrent le village lentement, à nouveau silencieux. Virginia, qui avait toujours pris Mr Bluett pour un vieux garçon habitant seul, s'efforçait d'intégrer cette nouvelle image de lui avec son ex-amant Derek. Les gens n'avaient pas coutume de se confier à elle : elle se sentait flattée et emplie de compréhension. Elle avait affaire à un être tout aussi tiraillé qu'elle, un être capable de se garder comme de la peste de l'apitoiement sur soi, tout en étant absolument incapable de ne pas remâcher le passé. Le talent avec lequel il dissimulait sa solitude était admirable : il y avait des gens qui avaient l'art du camouflage. Virginia s'en voulait de n'avoir jamais deviné que sous les dehors joyeux de son collègue se cachait un homme profondément malheureux.

De retour à l'hôtel – il faisait froid à présent et ils étaient contents de retrouver la chaleur et la lumière du chalet –, Virginia acheta une bouteille de vin qu'ils burent devant la cheminée. Ils parlèrent de l'école, de leurs élèves, des autres professeurs, des événements de ces vacances. Juste avant qu'ils ne se séparent pour aller se coucher, Mr Bluett, avec un certain embarras cette fois, fit allusion à leur conversation.

« Pardonnez-moi, Virginia, si tout à l'heure je vous ai infligé ces confidences sur moi. Je ne suis pas partisan des épanchements, mais on a des moments de faiblesse et on casse les pieds à ses amis. » Il esquissa un petit salut formel pour masquer son trouble, puis disparut avant que Virginia n'ait le temps de protester.

Plus tard, dans sa chambrette lambrissée de pin, Virginia demeura assise sur le lit dans le noir à repenser à son collègue homosexuel vieillissant. Par-delà les fenêtres ouvertes, une paire de montagnes presque identiques se dessinait dans le ciel, formes sombres sur fond sombre. Elle essaya de penser à Charlie... non, il ne ferait pas l'affaire. Impossible de se leurrer. Elle n'avait personne d'autre à imaginer.

« Vacherie de Mr Bluett ! » s'exclama-t-elle tout haut, s'allongeant sur le lit, encore habillée. Puis, soudain submergée par une tristesse inexplicable, elle se laissa aller à un acte qu'elle s'autorisait rarement. Elle se mit à pleurer.

Lorsque le professeur la demanda en mariage, par ce matin de fin de printemps où elle allait vers ses trente-deux ans, tous ces incidents datant d'époques diverses ressurgirent en même temps. Ils semblaient se déployer devant elle, pareils à des étoffes aux couleurs vives sur un étal de marché. Elle avait le sentiment que d'ici quelques années l'étal finirait démonté : elle serait obligée de lever le camp sans autre bagage à faire valoir que ces malheureux vestiges du passé. Jusqu'ici, toutes les lueurs d'espoir s'étaient révélées de fausses alertes. De plus en plus désenchantée, comment allait-elle faire pour ne pas devenir amère, morose, repliée sur elle-même et désespérée ?

Or voici que le professeur lui offrait une autre solution. Une existence qu'elle n'avait jamais envisagée, et encore moins désirée ou convoitée. Mais son cerveau était du genre à bâtir des châteaux en Espagne. À peine la demande du professeur énoncée, elle commença à se représenter sa vie avec lui. Ce serait une vie facile et débridée : de la musique, des amis mélomanes – pour la plupart bien plus âgés qu'elle –, des voyages partout dans le pays pour aller écouter ses conférences, de longs moments à s'imprégner de son savoir, à rire avec lui, à respecter quand nécessaire ses humeurs taciturnes. Il serait gentil, délicat, prévenant : sa jeunesse, si ça se trouve, lui rappellerait sa première femme. Ils auraient peut-être un enfant pour remplacer Gretta.

Puis Virginia pensa à ses neuf années d'enseignement : il n'y aurait plus d'école, plus de file d'attente pour le bus sous la pluie, de dissection de pissenlits ou de composition de peinture du lundi. Elle oublierait les durées moyennes des trajets de Mr Fly jusqu'à la gare, et la manière agaçante qu'avait Mrs Fly d'écaler son œuf. Allez savoir, peut-être même le redoutable individu à la moustache noire la laisserait-il tranquille une fois qu'elle aurait un mari.

Consciente de toutes ces choses, Virginia ouvrit les yeux. Le professeur avait attendu longtemps, très patiemment. Il n'avait l'air ni plein d'espoir ni pessimiste, juste un peu solennel.

« Merci, professeur, dit Virginia. J'aimerais bien être votre femme. » Le professeur se saisit d'une de ses mains et la porta à ses lèvres. Il la baisa.

« Juste ciel, vous ne pouvez pas continuer à m'appeler professeur maintenant. » Il souriait presque.

« Je penserai toujours à vous de cette façon.

— Seigneur, comme vous voudrez. » Il posa la tête sur le genou de Virginia et elle toucha ses cheveux gris et rêches. Bizarre : il ne lui était jamais venu à l'esprit de les toucher auparavant ; elle n'en avait jamais eu l'idée ni l'envie. Pourquoi avaient-ils un léger parfum résineux, comme celui des pins ? « Il me semble que cela pourrait être bien. Qu'en dites-vous ?

— Excellent. » Virginia s'était si souvent entendue prononcer « excellent » sur ce ton magistral. Sa sentence après une interrogation orale… « Excellent, Louise, Mary, Sarah, Jemima… » Excellent. Mais le professeur ne sembla rien remarquer. Il redressa la tête.

« Nous éviterons le vulgaire des célébrations. Vous êtes d'accord ?

— Absolument. » S'ils continuaient à s'accorder aussi facilement le restant de leur vie, quel bonheur ce serait.

« À quoi bon ? Cette obligation de faire la fête, ces bouchons de champagne qui sautent… À moins, c'est-à-dire, que vous me trouviez radin ?

— Bien sûr que non, protesta Virginia en riant.

— À un moment, il faudra nous atteler à la tâche peu romantique de planifier les choses.

— Nous pourrions peut-être nous marier à la fin du dernier trimestre ? suggéra Virginia. Il commence dans deux jours.

— Rien ne presse. Nous avons tous les deux attendu si longtemps. » Il lui caressa la main. « J'ai toujours eu du mal à exprimer mes sentiments, Virginia Fly, surtout quand j'étais sincèrement amoureux. Et aujourd'hui je suis complètement rouillé, comme vous pouvez le voir. Mais vous pouvez être sûre que je ne vous aurais pas demandée en mariage si le cœur n'y était pas. Je ne peux pas vous garantir que je serai le mari idéal… mon Dieu, ne serait-ce que mon âge avancé… »

Il demeura assis sans bouger, incertain, et soudain Virginia se jeta dans ses bras. Joue contre joue, têtes rapprochées, ils se balançaient d'avant en arrière, en susurrant. Puis le professeur se souvint de sa mission du jour : il devait donner une conférence à Reading, et le temps filait. Virginia fut contrainte de remettre ses nouveaux vêtements, qui lui rappelèrent un instant l'horreur de la veille au soir. Le professeur l'observait avec affection tandis qu'elle se tenait dans le désordre douillet de son salon, créature pâle et maigre rudoyée par les couleurs vives qu'elle portait.

« Magnifique, mais pas du tout vous, murmura-t-il. Je vous aimais mieux en institutrice. J'ai plus l'habitude de cette allure-là. Bon, je dois me dépêcher. Laissez-moi vous accompagner à votre train. »

Il insista pour offrir à sa future femme un billet de première classe. À la barrière, il s'inclina par réflexe avant de l'embrasser sur le front, puis s'en alla d'un pas pressé donner sa conférence. Seule dans le wagon, Virginia commença à se demander ce qu'elle avait fait.

Chapitre 10

Le dernier trimestre commença. Le petit anneau d'améthystes et de perles autour de son doigt renforça le prestige de Virginia aux yeux de ses élèves. Elles n'avaient jamais été plus obéissantes, travailleuses et gentilles. Tous les lundis, la composition de peinture n'illustrait plus que le thème du mariage : futures épousées aux traits roses sous des flots de robes blanches, demoiselles d'honneur aux visages poupins portant des bouquets aussi grands qu'elles, futurs mariés en pantalon rouge brandissant des bras rachitiques, le visage barré d'immenses sourires.

À la récréation, les enfants chuchotaient dans les coins, mettaient leur argent en commun, calculaient et recalculaient, en vue du Cadeau avec un grand C. Les leçons de sciences naturelles se transformaient en interrogatoires sur les choses de la vie, sujet qui stimulait davantage l'assemblée que les mœurs des amibes.

« Miss Fly, vous aurez un bébé combien de temps après être sortie de l'église ? »

« Ça vous plaira de dormir dans le même lit que votre mari, même au tout début ? »

« Vous penserez à nous des fois, même quand il vous embrassera ? »

Virginia répondait à leurs questions du mieux qu'elle pouvait. Flattée par leur intérêt, elle ne les avait jamais considérées avec autant d'attachement. L'image qu'elles offraient, tête penchée sur leurs livres, le soleil brillant sur leurs bras nus, s'imprima dans son esprit. Elles lui manqueraient. La salle de classe aussi lui manquerait : sa peinture familière écaillée, son lino abîmé, les gouaches sur le mur, les ébauches d'argile sur l'étagère, le concert de chaises qui grincent, les fleurs des champs, les spécimens de feuilles, sans oublier cette épouvantable affiche de l'Homme des cavernes en Angleterre, don d'un des membres du conseil d'établissement. Cette salle avait été son refuge pendant neuf ans, l'endroit où elle s'était sentie le plus en sécurité, le plus maîtresse des événements. L'abandonner pour toujours serait un déchirement, une épreuve glaciale et douloureuse.

Virginia et le professeur, durant ces dernières courtes semaines précédant le mariage, avaient établi une sorte de routine. Le mardi soir Virginia se rendait à Londres pour le voir. En général ils allaient au concert ou au théâtre, dînaient au restaurant, puis Virginia repartait par le dernier train. Le samedi après-midi, le professeur venait à Acacia Avenue, passait la nuit sur place et rentrait chez lui le dimanche après le thé. À ces occasions-là, Mrs Fly les laissait très peu seuls, assoiffée qu'elle était de détails sur leur avenir. Le professeur la trouvait tout à fait insupportable, mais, par égard pour Virginia, demeurait d'une politesse et d'une courtoisie infinies, s'enfermant ainsi encore plus sûrement dans l'affection oppressante de sa future belle-mère.

Lorsqu'ils avaient le temps, ils formaient des projets. Un après-midi, alors que Mrs Fly était sortie faire une de ses petites courses, le professeur pénétra dans la chambre de Virginia. Elle était à genoux en train de nettoyer les placards. Le professeur s'assit sur le dessus-de-lit en chenille. Virginia lui lança un regard, bien consciente de la différence entre cet homme paisible et le séducteur impétueux qu'elle avait toujours rêvé de voir surgir par la fenêtre. Non sans effort, elle mit de côté ces stupides pensées pour se tourner vers une pile de programmes de concerts.

« Ah, vous les avez tous gardés ! » Cette découverte semblait lourde de sens pour le professeur.

« Oui. Je ne jette pratiquement rien. » Elle revit les lettres et la photo de Charlie s'embraser dans la chaudière.

« Ce doit être un bon présage. Ils devaient signifier quelque chose pour vous. » Il était difficile de dire si le professeur la taquinait.

« Ils me rappelaient toutes les choses que nous sommes allés écouter.

— Ensemble.

— Ensemble », acquiesça Virginia. Il était tellement facile à contenter, parfois, le professeur…

« Approchez un instant. » Virginia s'approcha à genoux. Il lui posa le bras sur l'épaule. « Je pense que nous devrions nous acheter un cottage dans les montagnes galloises. Pour les week-ends, les vacances et pour nos vieux jours. Cela vous plairait ? »

Virginia reprit courage. Elle étreignit le genou du professeur. « S'il vous plaît, oui, faisons cela. » De l'eau de leur propre puits, peut-être. Des murs très, très épais et de vrais feux dans la cheminée. Des panoramas magnifiques. Noël sous la neige. Des livres, des promenades, du soleil, de la musique, de la tranquillité. À nouveau des images, des images agréables.

« Très bien, nous nous mettrons à chercher. Pendant notre lune de miel, nous prospecterons pour trouver quelque chose. » Les yeux de Virginia auraient presque étincelé. Le professeur, qui lui pétrissait une oreille, sentit la chaleur gagner la joue de Virginia.

« Vous paraissez heureuse. Vous êtes heureuse ?

— Bien sûr.

— Vous n'allez pas vous raviser ?

— Parfois vous êtes vraiment absurde, professeur.

— Oh, Virginia Fly. » Des larmes de vieillard lui piquèrent les yeux. Ils demeurèrent silencieux un moment.

De retour, Mrs Fly les appela. Bien décidés à ne pas lui révéler leur nouveau projet, de peur de le voir sapé par ses inévitables réserves, ils descendirent la rejoindre pour le thé.

Mais plus tard cette semaine-là, seule dans la salle des maîtres lors d'un moment de liberté avant le déjeuner, Virginia abandonna la correction de devoirs d'anglais pour écrire sa première lettre au professeur. Elle la rédigea vite et sans difficulté, d'une main ferme, d'infimes gouttes de sueur lui emperlant le nez.

Mon très très cher professeur – Je vous prie de considérer l'autre matin, quand vous m'avez demandé de vous épouser, comme un rêve qui n'est pas réellement arrivé. Je ne pourrai jamais vous épouser. Votre affection m'a touchée à un moment où j'étais déprimée : je vous apprécie et j'aime être avec vous et vous m'êtes apparu – pardonnez ici ma cruauté – comme une bouée de sauvetage. J'ai dit oui sans trop savoir ce que je faisais. C'était mal de ma part, impardonnable, et je ne sais pas si vous pourrez me pardonner. Mais je ne peux pas vous épouser parce que, voyez-vous, je ne vous aime pas de la façon dont on devrait aimer la personne avec qui on va passer le reste de sa vie. Vous ne m'emplissez pas d'une passion effrénée sans laquelle il me serait impossible de vivre. Je ne me sens pas émue et bouleversée en votre présence. Vous ne me manquez pas suffisamment quand vous n'êtes pas là. Je n'ai pas la sensation que vous constituez toute ma vie. Vous n'ébranlez pas mes fondations. J'ai un million de doutes. Voilà, vous me voyez ici plus maladroite que jamais. Blessante, à coup sûr, mais seulement afin de vous faire comprendre que je ne plaisante pas, que ce serait une catastrophe pour nous deux si nous allions jusqu'au bout.

Je suis désolée. Bien à vous, Virginia Fly.

D'un geste calme et résolu, elle cacheta l'enveloppe, y inscrivit l'adresse, puis la timbra. Elle allait tout de suite se rendre au village la poster, afin d'être sûre que la lettre lui parviendrait le lendemain matin. Mais la cloche sonna alors qu'elle remontait le couloir. Elle n'avait pas le temps. Elle rangea la lettre dans son sac.

Au déjeuner, elle sentit un malaise l'envahir. Le fracas des assiettes ajouté aux voix haut perchées de deux cents enfants lui écorchait les oreilles avec une vivacité qui lui rappela la première fois qu'elle s'était attablée dans ce réfectoire bruyant, neuf ans auparavant. Le bloc de semoule au lait décoré de sa lichette de confiture de fraises se brouilla devant ses yeux.

« Miss Fly, vous allez bien ? » Foutue môme.

« Très bien, merci. » Si elle envoyait la lettre, ce serait reparti pour des années et des années de semoule au lait, pas vrai ?

Juste après les grâces, elle fila vers les poubelles près de la porte de derrière, déchira la lettre en mille morceaux et s'en débarrassa.

Pour Mrs Thompson, les fiançailles de Virginia furent l'apogée du printemps le plus heureux de sa vie depuis la mort de Bill. Si d'autres se gargarisaient de regrets concernant quelque action passée, Mrs Thompson ne s'épanouissait que dans l'autosatisfaction : écrire à Virginia Fly avait été son geste le plus gratifiant depuis des années. Certes, elle n'avait pas obtenu le résultat escompté : c'était Mrs Fly qui était devenue sa grande amie, et non Virginia. Mais il fallait s'y attendre, vu leur différence d'âge. N'empêche, elle appréciait beaucoup Virginia : c'était une jeune femme extrêmement comme il faut, sensée et réservée, avec un regard sur les choses non dépourvu d'humour. Le genre de fille qu'elle aurait aimé avoir elle-même. Le genre de jeune femme qu'on pouvait comprendre… contrairement à la plupart des jeunes d'aujourd'hui, avec leurs tenues débraillées et leurs humeurs bizarres. Le genre de jeune femme qui avait besoin de protection et de conseils pour affronter les mœurs de ce monde cruel : en cela, Mrs Thompson pouvait aider Virginia, et veillerait dans la mesure du possible à ce qu'il ne lui arrive pas malheur. Il était regrettable que le plan Ulick Brand n'ait pas abouti : il lui avait fait l'effet d'un jeune homme aisé des plus sympathiques. Mrs Thompson aurait aimé s'attribuer le crédit de cette union. Néanmoins, le professeur faisait sans doute bien mieux l'affaire. Les hommes d'un certain âge étaient plus stables. Plus dignes de confiance. Moins d'énergie pour papillonner. Somme toute, une meilleure solution. Et puis, comme Mrs Thompson le répétait vraiment très souvent à Virginia en riant, elle n'aurait pas craché elle-même sur le professeur. Ces beaux cheveux gris si épais et ces mains si délicates… (Elle remarquait toujours les mains.) On devinait en lui un merveilleux pianiste.

Toujours est-il que les fiançailles de Virginia rapprochèrent encore davantage Mrs Thompson et Mrs Fly. Il y avait tant de choses dont discuter, tant de choses qui exigeaient leur précieux avis. Chacune trouvait en l'autre le reflet de son propre enthousiasme : elles s'approuvaient mutuellement et adoraient échanger leurs souvenirs, un rien sublimés. S'adonner à ce plaisir nécessitait de se voir énormément : Mrs Thompson venait à Acacia Avenue presque tous les week-ends désormais, s'attardant souvent jusqu'au lundi soir et ne rentrant à Londres, à contrecœur, que le mardi, pour honorer son rendez-vous avec Mrs Baxter. Mrs Fly aurait été enchantée qu'elle reste la semaine entière.

En réalité, en cette période heureuse, Mrs Thompson n'avait qu'un seul problème : Mrs Baxter.

Cette dernière était verte de jalousie, et cela se voyait. Mrs Thompson, pourtant, avait fait de son mieux. Malgré le déchirement qu'elle éprouvait à quitter Acacia Avenue, elle avait toujours été là pour leur rituel du mardi soir. En outre, elle n'avait rien caché à Mrs Baxter. Elle lui avait tout raconté : elle avait même persuadé Mrs Fly de lui envoyer une invitation au mariage. Mrs Baxter avait pris la chose totalement de travers.

« Pff ! Vous croyez que je vais me traîner au mariage de rupins que je ne connais même pas ? Votre charité, vous pouvez vous la garder. »

Des éclaircissements n'auraient servi à rien. Mrs Baxter ne voulait pas d'explications. D'ailleurs, elle ne voulait plus jamais entendre parler des Fly, et le fit comprendre à Mrs Thompson en des termes sans équivoque.

Mrs Thompson, comme elle le raconta plus tard à une Mrs Fly très compatissante, fut extrêmement blessée, mais, en hommage au bon vieux temps, se résolut à tenir sa langue. Pendant plusieurs semaines, au prix d'un effort surhumain, elle réussit à ne pas faire la moindre allusion à la famille Fly.

Mais c'était trop de tension pour elle et, certains mardis soir, après s'être séparée de Mrs Baxter, elle versait des larmes de frustration. Il aurait été tellement agréable de demander à Mrs Baxter ce qu'elle pensait de son chapeau de mariage tout neuf, de sa robe, de la couleur de son sac et de ses chaussures… Les amis s'avéraient parfois tyranniques, se disait-elle. Mais bon, elle n'allait pas se plaindre. Au moins en avait-elle, des amis. Pour la première fois depuis des années, elle remercia Dieu à genoux pour les bienfaits qu'il lui accordait. Lorsqu'elle se releva, elle fit un petit bond de plaisir. Le surlendemain était déjà vendredi, soit un autre week-end dans le Surrey.

Une nuit, environ six semaines avant la fin du trimestre, Virginia rêva de son séducteur à moustache noire. Elle se réveilla tremblante, en nage, toute faible et grelottante. Convaincue qu'il l'avait quittée pour toujours, elle fut terrifiée par son retour. Gigotant dans ses draps moites entortillés, elle contemplait la pleine lune que découpaient en losanges les petits carreaux de sa fenêtre. Elle imagina la main de l'homme se promenant sur son corps, lui caressant le cou, lui enveloppant un sein, puis passant au deuxième, et elle étouffa un cri dans l'oreiller. Au bout de quelque temps, enfin épuisée par la frustration, elle se rendit à la raison : ce mécanisme de défense, elle l'avait tellement perfectionné toute sa vie qu'il ne montrait ses failles que de manière fugace, dans les moments de crise.

Elle se leva, enfila sa robe de chambre et alluma la lampe de chevet. Oui, elle écrirait au professeur. Le mariage, sans le genre de passion qu'elle venait de connaître, n'était pas envisageable. Il n'y avait pas d'autre choix. Elle allait recommencer à attendre. Après tout, elle avait l'habitude.

Cher professeur, mon cher professeur, écrivit-elle à l'aide du feutre rouge laissé sur sa table de nuit, *je suis affreusement désolée mais nous ne pouvons absolument en aucun cas aller jusqu'au bout. Ce ne serait juste ni pour l'un ni pour l'autre, et surtout pas pour vous. De tout mon cœur, je voudrais vous aimer totalement, mais je ne peux pas. Je voudrais que nous soyons fous, déchaînés et passionnés... or nous ne sommes pas comme ça, n'est-ce pas ? Nous sommes de merveilleux amis et je sais qu'on prétend que l'amitié fait le meilleur socle pour un mariage, mais j'ai la conviction qu'il faut aussi quelque chose d'autre au départ, faute de quoi même l'amitié ne saurait survivre. La donne est un peu différente pour vous. Vous avez connu, il y a des années, un amour parfait. Vous avez eu le temps de vous rétablir un peu, et je serai quelque chose de différent : une compagnie rassurante, affectueuse et agréable pour vos vieux jours. Mais, voyez-vous, moi je n'ai jamais connu cet amour parfait. J'ai essayé d'aimer, mais cet amour a toujours été fantasmé, jamais authentique. Pourtant, selon moi, chacun est en droit de connaître le véritable amour au moins une fois dans sa vie, quitte à attendre l'âge de cinquante ans. D'où mes craintes. Que se passera-t-il si je vous épouse, avec ces sentiments-là, si j'accepte notre compromis, et qu'un jour je tombe amoureuse d'un autre ? Oh mon Dieu, mon cher professeur, ce serait abominable. Ni vous ni moi ne voudrions qu'une telle chose se produise.* Tremblante et à nouveau morte de froid, elle se leva pour aller fermer la fenêtre. Le ciel se remplissait de l'aube estivale, des veines de mercure sillonnaient les nuages, la misérable pelouse s'argentait de rosée, et les oiseaux tout frétillants entamaient leur concert matinal.

« Virginia Fly, tu es une imbécile », dit-elle tout haut.

Alors je vous en prie, pardonnez-moi si je disparais de votre vie, ce qui serait préférable à l'éventualité de la détruire. Je ne peux pas vous dire tout cela en face parce que je suis trop lâche. Je regrette de n'avoir pas su, par écrit, mieux formuler la chose. Avec amitié et affection, Virginia Fly.

Ensuite, elle dormit : quand elle se réveilla le soleil était déjà haut et c'était l'heure du petit déjeuner.

Tandis qu'elle s'habillait, la perfection de la matinée se faisait sentir jusque dans sa chambre sans fantaisie et embellissait même, dehors, le morne paysage du Surrey. Elle ne put s'empêcher de repenser au pays de Galles : là-bas, pareille matinée ne serait pas perdue. Elle irait ramasser un œuf tout chaud pour le petit déjeuner du professeur pendant qu'il ranimerait le feu, puis elle lézarderait la journée entière sous le soleil montagnard, à lire des livres qu'elle n'avait jamais eu le temps d'ouvrir.

Une fois encore, Virginia se surprit à rejoindre la chaudière. Les morceaux déchirés de sa deuxième lettre au professeur, qu'elle n'avait pas pris la peine de relire, furent dévorés en quelques secondes. Le désespoir de la nuit était derrière elle. Ce matin elle n'était que raison.

Le jour du mariage était le phare qui scintillait à l'horizon de Mrs Fly. Elle trouvait la joie de l'attente presque insoutenable, et se révélait absolument impuissante à la garder pour elle. Tous les matins, Mr Fly et Virginia avaient droit à ses dernières réflexions sur le sujet.

« Oh, Ginny, avant que j'oublie… Ça m'a empêchée de dormir une grande partie de la nuit, je ne comprends vraiment pas pourquoi on n'y a pas pensé avant… j'ai eu une idée géniale. » Mr Fly, réprimant un soupir, s'emparait de son journal. Mrs Fly tapotait son œuf avec une minuscule cuillère en argent. « Ted, je crois qu'il faut que tu écoutes ça. Sois attentif. Ce n'est pas tous les jours qu'on marie sa fille. » Mr Fly continuait à lire son journal.

« J'écoute, dit-il.

— J'exigerai ton avis pour le prouver. » Sa femme aspira sa première mini-cuillerée de jaune. « Eh bien, voilà. Les demoiselles d'honneur. En ce qui concerne les demoiselles d'honneur. Tu as réfléchi aux demoiselles d'honneur, Ginny ?

— Seulement au fait que je n'en aurai pas.

— En principe, je serais d'accord avec toi, puisqu'il n'y a pas de jeunes filles dans la famille. Mais tu veux connaître mon idée de génie ? Je me suis dit : pourquoi ne pas faire venir toutes les élèves de ta classe ? Il y en a douze, non ? Imagine un peu, elles formeraient un sacré petit cortège. »

Mr Fly s'étouffa en essayant de contenir un rire.

« Sois donc sérieux, Ted, le rembarra sa femme. Tu ne me sembles pas prendre du tout ce mariage au sérieux. Maintenant, écoute un peu. J'ai pensé à tout. Douze petites demoiselles d'honneur, la plupart très mignonnes, d'après mon souvenir de la distribution des prix. Elles seraient magnifiques, non ? En vert anis, j'ai pensé. Vert anis, ce serait ravissant, en juillet. Et ce n'est pas courant pour des demoiselles d'honneur, hein ? Des robes façon Kate Greenaway, vert anis, avec des petits bouquets de jasmin et de gardénias, et des bonnets sur la tête garnis des mêmes fleurs. Qu'est-ce que vous en dites ? »

Long silence. Puis :

« Ne me demande pas ça à moi, dit Mr Fly, en se levant. Je croyais que ma seule responsabilité devait être de commander le champagne. » Il gagna la porte, ce qui agaça sa femme.

« Où vas-tu ?

— Travailler.

— Mais tu n'as pas fini tes toasts.

— Je sais.

— Mais d'habitude tu les finis.

— Ce matin je n'ai pas envie. » Son mari claqua la porte derrière lui. Autant qu'elle se souvienne, c'était la première fois en quarante ans. Mrs Fly eut un léger frisson.

« Ma parole, je ne sais pas ce qui lui prend.

— Tu ne peux pas espérer qu'il s'intéresse à des histoires de robes, dit Virginia. Et puis, le mariage est l'unique sujet de conversation depuis maintenant six semaines. On ne pourrait pas parler de quelque chose qui intéresse papa, pour une fois ? Pas étonnant qu'il n'en puisse plus. »

Mrs Fly renifla.

« Je vois dans quel camp tu es. » Vexée, elle recueillit dans sa cuillère les petits filets de jaune d'œuf qui, malgré tous ses soins, avaient coulé sur l'extérieur de la coquille. « Alors, que dis-tu de mon idée ?

— Non, déclara Virginia, avec fermeté. Pas question. Je suis désolée, mais j'ai horreur du vert anis et une douzaine d'écolières en demoiselles d'honneur serait totalement absurde. »

Il était rare que Virginia parle aussi sèchement à sa mère. Les yeux de Mrs Fly se noyèrent de larmes, et elle déclara, d'une voix chevrotante :

« Je ne crois pas que tu te rendes bien compte, Ginny, de ce que représente pour une mère le mariage de sa fille.

— Sans doute que non, répliqua Virginia, d'un ton toujours dur. Et je ne crois pas que toi tu te rendes compte que les flaflas, ce n'est pas ça l'important. Si le professeur et moi pouvions choisir, nous nous marierions civilement dans le Nord sans personne, sans aucun membre de la famille. » Mrs Fly se leva brusquement, agrippant les bords de la nappe de ses mains tremblantes.

« Tu ne peux pas penser ce que tu dis, mon enfant ! cria-t-elle. Après toutes ces années à dire tes prières, tu ne veux pas te marier devant Dieu ? Tu ne parles pas sérieusement…

— Si ! cria Virginia à son tour, écœurée par les larmes de sa mère. Tu ferais mieux d'aller le répéter à Mrs Thompson, voir ce qu'elle a à dire là-dessus. »

Virginia quitta la pièce, claquant la porte comme son père. Les scènes de ce genre la bouleversaient toujours. Ses mains tremblaient, et elle transpirait sous les bras. À cet instant, elle s'aperçut que sa mère et elle n'avaient jamais été aussi éloignées.

Pas très loin dans la rue, elle fut arrêtée par son père dans son break.

« Ginny ? Je te dépose, si tu veux.

— Papa ! Qu'est-ce que tu fabriques ?

— Je tourne en rond. Histoire de tuer le temps… Je suis un peu en avance », ajouta-t-il avec un clin d'œil. Quand sa fille fut montée, il reprit : « Je suis désolé de m'être emporté comme ça. Je me suis juste dit que si j'entendais encore un mot sur les robes de demoiselles d'honneur… Ta mère est légèrement à cran. Je ne lui en veux pas, bien sûr. » Il sourit. « Est-ce que tu sais par hasard si Mrs Thompson vient encore ce week-end ?

— Je crois que oui. » Virginia scruta le visage de son père. Un muscle se contracta dans son cou. Il s'exprimait d'une voix tendue.

« J'ai la sensation qu'une fois que tu seras partie, Ginny, elle sera là tous les week-ends ou presque. Remarque, ce type près de Hastings, celui à qui j'ai acheté la tondeuse... on est devenus assez bons amis. Il m'a invité quand je voulais. Il a dit que je pouvais venir n'importe quand et qu'il m'emmènerait faire du planeur. Ça me déplairait pas de faire une petite balade dans le ciel. J'irai peut-être samedi. » C'était la première fois qu'il évoquait sa nouvelle amitié ainsi que son nouveau hobby.

« Ce sera chouette », acquiesça Virginia, contente pour lui. Puis soudain, d'une traite, elle ajouta : « Et tu viendras nous voir dès que tu auras envie, d'accord ? À Londres ou au pays de Galles ? Dès que Mrs Thompson te tapera sur les nerfs ? » Mr Fly s'esclaffa.

« Je ne voudrais pas m'imposer, Ginny.

— Jamais de la vie.

— Eh bien, avec un trafic moyen, je pourrais sûrement faire le trajet en un rien de temps. »

Il la laissa près de l'école. En s'éloignant, assis très droit dans son siège, les mains serrées sur le volant avec la prudence d'un apprenti conducteur, il décida de ne pas prendre le risque de faire au revoir à sa fille. Virginia l'observa jusqu'à ce que sa voiture soigneusement astiquée ait disparu. Elle se demanda comment se dérouleraient ses vieux jours.

La distribution des prix avait lieu le dernier jour du trimestre. Le professeur, invité par la directrice elle-même, accepta de venir après maintes supplications. Il fit un effort encore plus appuyé pour l'occasion : costume repassé, chemise propre et cravate neuve. Il avait l'air remarquablement distingué, se dit Virginia avec orgueil.

Comme pour tous les enseignants qui quittaient leurs fonctions après de dures années de dévouement, de splendides hommages furent rendus à Virginia. Elle demeura assise, incrédule, tandis que son éloge était prononcé dans de brefs et chevrotants discours par des fillettes aux mains moites. La directrice lui souhaita d'être heureuse et dit qu'elle espérait la voir revenir souvent en visite à l'école. Une élève de sa classe, soudain nerveuse, lui offrit après une révérence un énorme bouquet de roses jaunes. Pour finir, toute l'école acclama Miss Fly. Au pied de l'estrade, le professeur riait et applaudissait au premier rang, débordant de fierté. Elle marmonna des remerciements, souriant à s'en faire mal aux joues. « Je suis terriblement émue... que puis-je dire ? » Tout cela était de la folie.

Un violent accord au piano coupa court à l'émotion du moment. L'assemblée se leva comme un seul homme et marqua un temps d'arrêt avant d'entonner « Jerusalem » en chœur. Puis ce petit monde se dirigea vers la sortie, bruit de pas familier résonnant une dernière fois dans la salle familière, magnifique défilé de dos bien droits, tandis que, sur l'estrade, la combinaison de Miss Graham dépassait comme d'habitude de sa jupe...

« Bon sang, c'est un miracle que tout ça ne vous fasse pas fondre en larmes ! » chuchota Mr Bluett, provoquant enfin chez elle un sourire naturel.

Plus tard, elle emmena le professeur dans sa salle de classe. Là, il remporta un franc triomphe. Il salua toutes les élèves personnellement, serra la main de chacune, examina puis commenta les vingt-quatre peintures censées illustrer son mariage. Les enfants offrirent au couple leur cadeau de noces, enveloppé dans du papier qu'elles avaient décoré elles-mêmes. Une pendulette d'officier, fruit de patientes économies. Le ravissement du professeur les enchanta : elles s'agglutinèrent autour de lui, le touchant, réclamant son attention, essayant d'apprendre à connaître le plus vite possible l'homme qui leur enlevait leur institutrice.

Une fois les adieux terminés, le professeur s'empara de la petite valise de Virginia. À l'intérieur, elle avait rangé les choses accumulées au fil des ans dans le tiroir de son bureau. Elle décrocha les peintures consacrées à son mariage et les emballa ; elle emporta les cendriers de glaise, les papillons et autres fleurs séchées que ses élèves, à diverses occasions informelles, lui avaient offerts au cours du trimestre. Enfin, elle effaça sur le tableau les consignes scolaires, puis ils quittèrent la salle déserte.

« Je me sens vraiment ignoble de vous arracher à elles », déclara le professeur. Virginia s'esclaffa. Maintenant que c'était fini, maintenant qu'ils avaient franchi le portail, elle se sentait mieux.

« Vous avez été merveilleux avec elles. Vous m'avez bien soutenue.

— Attention, ma douce, attention, plaisanta-t-il. Seigneur, vous ne savez donc pas que le mariage est une crise perpétuelle ? On n'est pas toujours assez fort pour l'affronter de la meilleure manière. » Il vit une lueur de crainte danser dans les yeux de Virginia. « Non, juste ciel. J'exagérais… Avec vous, tout sera calme et paisible. Du moins, la plupart du temps. N'est-ce pas ?

— Je l'espère. »

Avant le départ du train, dans le wagon, le professeur lui confia que cet après-midi avait considérablement renforcé son amour, si la chose était possible. L'estime des autres avait accru la sienne. Il était impatient de voir s'achever la semaine qui restait.

« Je vous veux, ma douce, profondément. »

Pourtant, quand le train du professeur fut parti, Virginia retourna dans le hall de la gare et entreprit de lui écrire une autre lettre.

Oh mon cher amour… nous ne pouvons pas, non, nous ne pouvons absolument pas. Je ne crois pas que nous devrions…

Mais elle savait qu'il ne rimait à rien de continuer : elle ne l'enverrait jamais.

Au lieu de prendre le bus, elle rentra à pied. Tout en marchant, elle organisa sa fuite. Londres ce soir par le train. La Flèche d'Or jusqu'à Paris : son passeport était en règle. Puis le premier train en partance pour le sud. L'Italie, la Grèce, la Turquie... Elle avait mis de côté assez d'argent. Elle enverrait des cartes postales pour que personne ne s'inquiète. Le professeur l'oublierait. Dans un an, elle pourrait revenir. Refaire sa vie. Si elle avait le courage de mener ce plan à bien, elle serait peut-être récompensée.

À la maison, elle trouva sa mère dans la cuisine, toujours coiffée de son chapeau de gala, qui préparait un curry.

« Je fais le plat préféré de ton père, expliqua-t-elle d'une voix plus basse que depuis des semaines. Ce pauvre Ted. Je ne sais pas ce qui lui arrive. Il n'a pas le moral ces derniers temps, pas du tout lui-même. Quand on t'a offert ces fleurs et qu'on t'a acclamée comme ça, il était au bord des larmes. Je ne l'ai jamais vu dans cet état. Alors je me suis dit qu'un petit curry lui ferait plaisir. Je n'ai pas été très disponible ces temps-ci, pas vrai ? Tiens, tu voudrais bien m'éplucher deux, trois pommes ? »

Virginia gagna docilement l'évier. Elle se demandait à quel moment de la soirée elle pourrait s'éclipser pour rassembler ses affaires, et comment elle formulerait la lettre expliquant son départ.

Le jour du mariage, comme le signala Mr Fly, était une journée tout à fait dans la moyenne pour la mi-juillet. Le ciel était d'un bleu intense, et quelques nuages blancs à l'aspect spongieux, hésitant à aller occulter le soleil et à projeter des ombres sur la cérémonie, s'attardaient au-dessus des arbres à l'horizon. Dans l'air flottait un parfum de fleurs : l'odeur ne provenait pas des plates-bandes, réduites cette année à de minces rubans gris de terre desséchée – Mr Fly les délaissait le week-end pour aller voir son nouvel ami à Hastings –, mais des immenses bouquets dans les vases ornementaux qui se dressaient, pleins de morgue, sous le chapiteau. Cette structure encombrante avait été montée plusieurs soirs auparavant, et contrariait Virginia. Par sa faute, de sa chambre, elle ne voyait plus le jardin. La toile qui en recouvrait l'armature et les parois masquait la vue familière. Or, ces derniers jours, elle avait désespérément besoin de repères familiers.

Partout, néanmoins, ces repères avaient pratiquement disparu. La maison lui paraissait chaque jour plus étrangère, sensation qui atteignit son point culminant le matin du mariage. La salle à manger, au petit déjeuner, était assombrie par la tente. La plupart des meubles avaient été évacués du salon. Le vestibule et la cuisine sentaient les bâtonnets au fromage. Mrs Fly portait un tablier et des chaussons, sans ses bas, tandis qu'elle s'affairait en donnant des ordres à Mrs Thompson. Des hommes en veste blanche entraient et sortaient avec des plateaux de petits-fours. Mr Fly arpentait les abords de la tente, testant à deux mains la solidité des haubans. Il exprima une inquiétude aussi soudaine que saugrenue au sujet de ses « parterres de fleurs » : il espérait que les gens ne les piétineraient pas trop. Quant à Mrs Fly, elle espérait que Caroline pourrait venir, pour faire plaisir à Virginia, et que le traiteur avait correctement orthographié le nom du professeur sur le gâteau. Virginia, ne sachant comment se rendre utile, comptait les petits pains tartinés de rillettes de sardine.

En milieu de matinée, elle tomba sur un petit bonhomme chauve et obèse, l'air déconcerté, dans le vestibule. Il se présenta : Inigo Schrub, garçon d'honneur. Bien sûr. Virginia se souvenait l'avoir croisé brièvement à la conférence du professeur. Il avait étudié la musique avec Hans à Vienne. Aujourd'hui, il était premier violon dans un orchestre des Midlands. Il sourit, les yeux étrangement agrandis derrière ses épaisses lunettes.

« Je me demandais... je ne sais pas vraiment quels sont mes devoirs... mais serait-il possible d'emmener la mariée boire un verre ? »

Virginia accepta avec reconnaissance. Tout pour sortir de la maison.

Ils marchèrent quatre cents mètres jusqu'au pub le plus proche. Inigo semblait légèrement essoufflé : marcher et parler en même temps n'était pas facile pour lui.

« Hans, mon vieil ami, a vraiment beaucoup de chance, dit-il d'une voix entrecoupée. Il mérite une femme aussi délicieuse que vous. Il mérite, après toutes ces années, une épouse admirable.

— Alors il ne devrait pas m'épouser, répliqua Virginia. Je ne suis pas du tout la personne qu'il lui faut. Je ferai une épouse abominable. Je suis trop... je tiens trop à mes habitudes. Je ne peux pas l'expliquer. Je sais simplement que nous faisons une erreur. » Un bref instant, elle eut l'impression que cet inconnu comprendrait, qu'il viendrait même à son secours. « Vous ne pouvez pas le lui dire, même maintenant ? Vous êtes son meilleur ami. Il n'est pas trop tard. Nous pourrions repousser. Il vaudrait mieux annuler. Vraiment.

— Ma chère petite, vous avez le trac, c'est tout. Je sais très bien ce que vous ressentez. » Il lui tapota le bras, à un million de kilomètres. « Ce qu'il vous faut, c'est un verre. C'est toujours la mariée qui s'angoisse avant le mariage. Bon, je vous prends quoi ? »

Comme elle ne répondait pas, il lui commanda un brandy et ils s'assirent à une table en fer-blanc, sous un petit auvent orné d'une publicité pour une marque de bière.

« Allons, allons, vous êtes toute pâle. Faut pas vous mettre dans des états pareils. » Une caricature de grand-père bienveillant… « Hans n'aurait pas décidé de se marier, sinon : il sait forcément ce qu'il fait.

— Il sait ce qu'il fait *lui*. Il ne sait pas ce que je fais *moi*, c'est ça le hic, se récria Virginia d'une voix aiguë.

— Ma chère Virginia, vous êtes très jeune.

— Non, je ne suis pas jeune.

— Comparée à Hans.

— Ah, comparée à Hans, je suppose. Mais quel rapport avec le reste ? » Elle soupira, soudain très lasse. Inigo, ignorant totalement comment l'aider, pianotait sur la table en fer-blanc.

« Tout ira très bien, vous verrez. C'est la terreur du grand saut, j'imagine, après ces années passées à attendre. Vous savez ce que c'est, le réel. Il détruit toujours nos illusions avec une extrême cruauté. Une cruauté dévastatrice. » Il secoua sa grosse tête ronde d'un côté à l'autre. Des billes de sueur roulaient de ses tempes jusqu'à ses joues gonflées. « Mais c'est pour ça qu'on est là. C'est notre fonction : vivre avec le réel et enterrer nos rêves, si longtemps qu'on les ait entretenus… Mais voilà que je vous fais un sermon. Excusez-moi.

— Je suis désolée, dit Virginia, d'un ton timide et honteux. Je suis complètement hystérique. C'est sûrement la nervosité, comme vous dites. Pourtant… » Elle s'interrompit. « Pourtant, je suis certaine de commettre une erreur.

— Ma chère petite, assez de ces sottises, protesta Inigo, presque agacé, avant de remarquer le regard de Virginia. Pourquoi vous adresser à moi ? Je ne vois pas ce que je peux faire pour vous… Le mariage est dans deux heures. Vous devez penser à mon ami Hans. Vous ne croyez pas que l'abandonner maintenant serait une terrible injustice ? »

Virginia redressa la tête et lui sourit, se moquant d'elle-même.

« Hans, heureusement, ne se soucie pas beaucoup de mon passé. Je ne crois pas qu'il sache, ou que ça le dérange, que je n'aie jamais aimé personne. Il ne sait pas, par exemple, que j'ai été violée par un correspondant américain, ni que j'ai couché avec un homme sur qui je fondais de grands et stupides espoirs, pour finalement me faire éjecter par sa femme. »

Inigo Schrub toussa, gêné. La couleur cuivre de son visage s'accentua.

« Ce sont là des événements dramatiques… » Sa voix s'estompa. Virginia n'écoutait plus.

« Attendez de voir ma robe de mariée ! C'est drôle, mais même là-dessus j'ai fini par céder. Ça a toujours été plus facile, pour avoir la paix, de me plier aux volontés de ma mère. De ne pas contester.

« Mon père et moi nous sommes toujours soutenus l'un l'autre, poursuivit-elle, mais il nourrissait pour moi ces espoirs ridiculement ambitieux. Je n'ai jamais remporté de prix à l'école, sauf en arts plastiques. Il aurait été l'homme le plus heureux du monde si j'avais été le genre de fille à remporter des prix. J'ai déçu ses attentes je ne sais combien de fois. Il ne le montrait pas trop, mais il était dépité. Alors quand il a suggéré que je devienne enseignante, j'ai acquiescé. Je n'en avais pas envie. Je voulais peindre. Mais ma décision lui a fait tellement plaisir que je n'ai pas pu revenir dessus. Il avait droit à une petite consolation, non ? Ce n'était pas un sacrifice si terrible, après tout son soutien. C'était plus facile.

« Croyez-moi, ajouta-t-elle, je devais être une enfant abominable. La Petite Sainte, on m'appelait à l'école. Ginny la Petite Sainte. J'élaborais des plans diaboliques pour forcer les autres à bien m'aimer. Ils échouaient systématiquement… J'étais peut-être timide et maladroite, sans m'en rendre vraiment compte. Je me savais quelconque. En tout cas, j'ai dû en rabattre.

— Je ne crois pas un instant que vous ayez pu être quelconque », l'interrompit Inigo Schrub. Le plateau de la table était chaud sous les paumes de Virginia. Elle déplaça légèrement une de ses mains, si bien que le rayon de soleil qui baignait ses articulations glissa sur les longs fuseaux de ses doigts.

« J'ai renoncé à espérer, reprit-elle. C'est beaucoup mieux. On peut s'épanouir, vous savez, à se réjouir à l'avance des petites choses dont on est sûr qu'elles se produiront. C'est beaucoup moins sinistre que d'espérer de plus grandes choses qui risquent de ne jamais survenir. » Virginia parlait si doucement qu'Inigo Schrub était obligé de pencher la tête pour entendre. Elle plissa les yeux. Le soleil de midi était violent.

« On peut s'observer de très loin, pendant de nombreuses années… peut-être toute sa vie, continua-t-elle. On peut remarquer ses gestes pitoyables, repérer les erreurs qu'on commet, et s'avérer pourtant impuissant à modifier ses actes. On a beau s'en vouloir de cette incapacité, on demeure malgré tout impuissant.

— Vous assistez à votre propre défaite, alors », commenta Inigo en faisant signe au serveur de leur remettre ça. Le verre de Virginia était vide depuis un moment.

« Exactement, admit-elle, semblant se rappeler qu'il était là. Même si, dans mon cas, je me serais plutôt adaptée. Je n'ai pas été brisée. C'est facile de s'adapter, une fois qu'on a pigé le truc. Ça devient plus simple, comme mode de vie. Les gens préfèrent ça. On ne les dérange pas. Mais ils ne vous aiment pas pour autant.

— Alors vous serez engloutie ! » s'écria Inigo Schrub en frappant soudain du poing sur la table. Le plateau vibra. « Vous n'avez pas le droit de vous regarder vous noyer.

— Mr Schrub… je n'ai pas vraiment d'autre solution. Je n'ai aucune pitié pour moi, juste une certaine appréhension pour notre avenir, au professeur et moi. »

Le corps d'Inigo, presque aussi large que la table, semblait s'être affaissé.

« Vous allez résister, croyez-moi, affirma-t-il.

— Je doute de ma résistance, répondit Virginia, en avalant d'un trait son deuxième brandy.

— Si notre existence n'était pas semée de doutes, alors la certitude elle-même n'aurait aucune valeur. En l'occurrence, croyez-moi, s'il vous plaît, vous pouvez être certaine de l'attachement de Hans. Et ne vous dépréciez pas trop. Vous avez tant d'affection à donner... » Il se tut, gêné par ses effusions. Pour diminuer son trouble, il consulta sa montre et suggéra qu'ils regagnent la maison. Après tout, il n'y avait plus rien à ajouter.

Sur le chemin du retour, entre le soleil et le brandy, la voix gutturale d'Inigo, si semblable à celle du professeur, et le soutien de son bras dodu, Virginia se sentit requinquée.

Ils plaisantèrent des aspects grotesques de l'après-midi à venir, et parvinrent même à en rire.

Après s'être forcés, sans trop exagérer, à manger un morceau, Mr et Mrs Fly, Mrs Thompson – installée chez eux depuis une semaine pour donner un coup de main – et Virginia se replièrent dans leurs chambres. Ils avaient synchronisé leurs montres.

Assise sur son lit, Virginia se demandait ce qu'elle devait faire en premier. Sous le dessus-de-lit en chenille, elle sentait les couvertures repliées en carrés : ce lit n'était déjà plus le sien. Malgré les deux fenêtres ouvertes, il faisait une chaleur étouffante dans la pièce. Pas un souffle d'air. À travers la toile de la tente lui parvenaient des voix lançant des ordres.

Sa valise était faite, mais pas encore fermée. Seuls, sur la coiffeuse, quelques pots de crème et brosses à cheveux. Sa robe – un affreux compromis – était accrochée à la porte de l'armoire. Virginia avait refusé la longue robe de satin blanc dont rêvait sa mère, mais avait finalement renoncé à la large robe de crêpe à imprimé fleuri qu'elle voulait porter. Le compromis était une robe de taffetas rose de forme indéterminée. « Rose saumon », précisait Mrs Thompson, de manière laudative... Dans cent ans, si on retrouvait ce vêtement au fond d'un grenier, il serait difficile de dire à quelle décennie il appartenait. Pour aller avec, des souliers de satin roses, dont le bout pointait sagement sous l'armoire. Sans oublier la coiffe, chatoyante sur son support : une couronne de fleurs roses sous un voile d'un rose plus pâle. Si la chose n'avait pas été aussi triste, elle aurait été drôle, songea Virginia.

On frappa à la porte. Mrs Fly et Mrs Thompson, en duo. Mrs Thompson avait l'air de s'être poudré le visage avec de la farine. Retombant de son chapeau, des plumes bleues, déjà tout enfarinées, lui caressaient la joue. Mrs Fly évoquait une explosion de vert émeraude. Des gants en nylon lui remontaient sur les coudes, chacun fermé de cinquante boutons de nacre. Ses bras, entre le haut de ses gants tapageurs et les manches courtes de sa robe, étaient couverts d'urticaire. Son mascara et son rouge à lèvres, aussi mal appliqués l'un que l'autre, brouillaient les contours de ses yeux et de sa bouche.

Elles se tenaient, côte à côte, sur le seuil.

« Oh, Ginny. Pas encore prête ? » Mrs Fly fit un petit pas en avant. « Ton père t'attend en bas dans vingt minutes. Ne sois pas en retard, d'accord ? » Elle hésita. « Est-ce que je peux t'embrasser ? »

Virginia se leva.

« Si tu veux. » Mrs Thompson en profita elle aussi pour poser un baiser sur la joue tendue. Les deux femmes lui donnèrent des tapes affectueuses, débitèrent des idioties d'une voix étranglée, puis s'en allèrent.

Seule à nouveau, Virginia s'assit à sa coiffeuse et se brossa les cheveux. Les boucles confectionnées la veille s'étaient aplaties durant la nuit, malheureuses ondulations inachevées. Son teint était crayeux. Elle le rehaussa de rouge, puis étala du gloss sur ses lèvres sèches dans l'espoir de les faire briller.

Habillée, elle se regarda une fois encore dans le petit miroir. Le corsage rose de sa robe créait de vilains reflets sur ses traits translucides. La couronne de pétales reposait de façon précaire et inconfortable sur ses pauvres cheveux, et les souliers de satin lui meurtrissaient déjà les pieds.

D'une main calme, avec résignation, elle rabattit le voile saumon sur son visage. Elle repensa, soudain, à Inigo Schrub.

« Virginia Fly se noie », dit-elle tout haut. Elle mit une touche de parfum sur ses poignets, passa si vite les mains sur le dessus-de-lit en chenille que le chatouillement se prolongea plusieurs secondes, puis elle gagna la porte.

Au rez-de-chaussée, son père, en jaquette de location, faisait les cent pas dans le vestibule au milieu des relents de bâtonnets au fromage. En la voyant dans l'escalier, il sourit. Ils ne soufflèrent mot ni l'un ni l'autre.

Dans la grande voiture de louage noire, aux sièges garnis d'un tissu moelleux, subsistaient les odeurs de cigare d'un client précédent. Il y avait entre eux un intervalle de banquette grise, et Mr Fly y posa sa main. Virginia la recouvrit de la sienne. Son contact lui sembla bizarrement différent. Curieusement lisse. Baissant le regard, le visage dissimulé par son voile, Virginia s'aperçut que son père s'était rasé les phalanges. Aussitôt, elle retira sa main.

Ils rejoignirent l'église avec une lenteur effroyable.

« J'ai évalué le trajet moyen, en le faisant plusieurs soirs cette semaine avec le break, histoire de pouvoir indiquer au chauffeur le temps exact que... » Sa voix s'éteignit. Mr Fly leva un poing fermé comme pour cogner à la vitre de séparation, mais le retira.

Sur le perron de l'église victorienne, aux briques d'un rouge agressif sous le soleil éclatant, un petit attroupement tendit le cou et murmura. En descendant de voiture, Virginia frissonna. Son père la soutenait d'une main tremblante. Ils remontèrent à petits pas l'allée baignée de lumière. Virginia sentait ses chevilles s'entrechoquer.

Ils atteignirent le porche de l'église, frais et sombre après la chaleur du soleil. Par la porte ouverte, immobiles sur les bancs, les dos et les chapeaux formaient un océan multicolore. Mues par quelque étrange instinct, hommage, peut-être, à leurs liens passés, une foule de petites têtes se tournèrent simultanément pour tâcher d'entrevoir Virginia. Toutes mes élèves, songea-t-elle. Les mots s'égrenaient dans son esprit telles les perles d'un rosaire. Soudain, rompant le sortilège, elle vit sa mère lever le bras pour montrer quelque chose à Mrs Thompson. L'alignement de boutons de nacre étincela sur son horrible gant vert.

Autour de l'autel, juchés sur leurs socles, des bouquets raides et cireux dressaient leurs fleurs trop lourdes, dont les pétales blêmes se diapraient des couleurs criardes provenant des vitraux. À côté d'un vase, sinon quasiment dessous, Inigo Schrub, son énorme buste engoncé dans une petite veste noire, se mit au garde-à-vous. La tête grise du professeur était penchée vers la sienne. Il chuchotait quelque chose. Son témoin ne répondit rien. Sur une de ses jambes de pantalon, ses doigts pianotaient au rythme des graves accords de Bach.

Quand la musique prit fin, à quelque signal invisible, l'assistance se leva dans un fracas étrangement retentissant pour des gens vêtus de si légères tenues d'été. L'espace d'un instant, ils restèrent silencieux. La main de Virginia rampa sur le devant de sa robe. Derrière son bouquet d'œillets rose saumon entourés de fougères, elle se gratta le ventre.

Amour divin, amour sans mesure,
Joie du ciel sur nous, descends...

L'hymne avait commencé. Des visages se tournèrent. Des bouches chantantes se turent, tandis que les yeux se fixaient. Virginia se sentit avancer. Voilà qu'elle marchait dans l'allée centrale, son père à ses côtés. Au bout de quelques mètres, le pas de Mr Fly se trouva décalé. Ainsi, tandem claudicant, s'approchèrent-ils de l'affreuse table d'autel où le professeur attendait que Virginia devienne enfin sa femme.

CET OUVRAGE A ÉTÉ ACHEVÉ D'IMPRIMER
SUR ROTO-PAGE PAR L'IMPRIMERIE FLOCH À
MAYENNE, EN DÉCEMBRE 2016, POUR LE COMPTE
DE LA TABLE RONDE, 26, RUE DE CONDÉ, PARIS 6ᵉ.

ISBN : 978-2-7103-7671-2.
Dépôt légal : février 2017.
N° d'édition : 283285.
N° d'impression : 90459.

Imprimé en France